封鎖

小白
著

目次

封鎖

有個老太太麼真正福氣好，
早上起來吃點心。
一碗燕窩一碗白木耳，
水潽雞蛋吃下去，
三碗大肉麵，
一隻童子雞。
底下人要問太太阿曾吃飽哉？
格點點心不過點點飢。

——陸嘯梧・因果調・〈福氣人〉

一

爆炸發生時，差不多下午六點半。該說什麼呢？我他媽運氣真好？兩分鐘前我剛跑到隔壁。這種案子根本沒法破，丁先生命該如此。日本人大概也明白。要我說，他們可能正中下懷。炸死個把漢奸算什麼事，正好借機派兵。駐蘇州河北的「登部隊」、陸戰隊、憲兵隊，開著裝甲車過來這麼一圍。報紙上發條消息，叫做膺懲。

丁先生要知道我把他叫成漢奸，一定大光其火。上次在明德邨打牌，社會部陸金伯多灌兩杯黃湯，說一句「都是做漢奸，為什麼請柬發給他們不發給我們」，結果丁先生大發雷霆，把老陸拉進大西路機關打一頓屁股，連關兩個禮拜，說是要好好查查此人背景。雖然大家齊齊求情，總算放人，老陸也給弄得人不像人。後來提到這事情，丁先生說：「如果吳四寶手底下人這麼說，我不會在意。他們都是江湖中人，一介武夫。老陸一向在政府做事，成天與人做詩唱和，一字之錯，我也不放他過門。」

丁先生御下嚴峻，從前在南京時就很得罪過一些人。到武漢裁撤機關，處長變成一個有名無實的委員，到重慶說重組，竟又失業，簡任沒混上，把一個薦任倒丟了。從前責罰過的幾個手下人，如今不是科就是處，這下子丁先生就混不下去了。先是去香港辦報紙，打算另開一臺戲，再後來索性跑到上海，投進汪政府。這一落水不要緊，倒把我也拖進來。丁先生對我有知遇之恩，亂世也顧不得許多，只好誰人對我不錯，我就跟誰。再說，丁先生一走，在重慶在香港，我都混不下去。

早就聽說丁先生上名單，而且是名單上第一位，一點都不奇怪。從前他管特務，結仇都是這個圈子，現在名單落到那些人手上，翻來翻去，自然丁先生排第一。

有回派人混進來當大司務，準備下毒。灶間都沒來得及進就暴露身分。最險一次在愚園路，前後兩輛車夾牢，手提機關槍亂掃，丁先生人機警，前面車子一停一滑一橫，沒等殺手跳下車，他就蜷到座位底下。

丁先生抓住刺客，清一色打一頓，再送大西路靶場。勸他也沒有用。他說：「冤家宜解不宜結，我怎麼會不懂這個道理。但重慶方面這麼不講交情，你說哪能辦？做人要光棍，你做初一，我不能不做十五。一拳來一腳去。撐一面旗不容易，有些事情該到你發狠，你就不得不發狠。等我們把市面做大，重慶自然會找我們坐下來好好說話。」

丁先生錯就錯在把漢奸當成一項事業來做，做到天怒人怨。做到結局一顆炸彈。

現場狼藉。陽臺上水泥砌欄都炸開。一隻野貓從天而降，落在對面馬路維也納香腸公司門口，肚子上插著一塊碎玻璃。後來說貓先前趴在陽臺上。天上掉下一隻貓，剃頭店阿二被牠嚇一跳，一隻貓掉下來，會弄出那麼大聲響？

巡捕幾分鐘後趕到。架設拒馬，清查路人。又半小時，日本兵蜂擁而至，將大樓團團包圍。巡捕房英國人起先還要爭一爭，勞斯萊斯裝甲警車開過來，到底也強不過日本人——他們派來了坦克。越界築路地段，管轄權爭執由來已久。從前日本人沒打進來時，租界工部局一段一段租買地契，一段一段往中國地界修路。修好路就造房子。造好房子就有租界居民住進來，租界再派駐員警管治安。國民政府有心爭，無力搶。終於達成默契：工部局修成道路上治安歸租界巡捕房管，道路兩側治安歸中國政府。但這一片發生刑事案件，中國員警向來不管不顧。工部局正好步步蠶食。

等日本人打進來，南京政府逃到重慶。租界當局就硬不起來。母國打仗自顧不暇，在租界，能維持體面就不錯。越界築路地段發生治安事件，租界偶爾也要爭兩下，弄到最後往往是丟光面子。西區就此變成外國報紙上所謂 BAD

LAND——歹土。

汪政府中人偏偏就喜歡它。丁先生剛到上海，日本機關曾在四川北路替他找過房子，旁邊就是日本兵營。他們幾個一商量，婉言謝絕。因為日本軍隊卵翼之下，等於自承是漢奸。卻又不能住在租界，抗日地下組織密集，安全不能不顧。況且，說起來是打算組府，難道把政府開在外國租界？

住在此地，純粹是為面子。但說面子也是騙騙自己。總之我老早看穿，混得一天是一天，混不下去再跑到重慶，隨便拿點情報交過去，算起義也好，算反正也罷。重慶不見得拿冷屁股貼我熱面孔。關鍵是看準時機，這一注，押得太早冒險，押得太晚不值錢。這麼說起來，住在西區也有一個好處。如今進出上海，往蘇北也好，「三戰區」也好，往西南過青浦崑山，向西北過太倉，路都還通，朝東那已都是日本人地盤。

所以我如今成天混吃混喝，葷素不忌。只做一件正事，就是多看多聽。有什麼新鮮事情就記下來，將來不僅可以保身家，亦可以求前途。

二

爆炸後第二天，林少佐帶來丁先生消息。送醫院也是虛應故事。爆炸發生時，貼身衛士小何提著熱水瓶，正在給丁先生倒茶，小何連屍首都拼不齊，丁先生也是滿身碎玻璃。大夫說，致死原因主要是那顆假牙。在口腔中彈出，撕裂下巴，切入丁先生頸部主動脈。其實就算不是那一小粒金屬，他可能也沒有機會活下來。爆炸造成了巨大衝擊力，把他彈出陽臺門，撞在陽臺圍欄上。

林少佐命令封鎖大樓，直至抓獲行刺者。抓到，當然不可能。爆炸聲一響，整個街區都亂了。愚園路轉到憶定盤路，一過諸安濱，不要說三兩刺客，一整支軍隊都能跑了。就算沒有離開上海，等日本陸戰隊到時，他們也早就進了租界，說不定正坐在哪家飯店喝慶功酒呢。前一向聽說派克路有家廣東飯館，常有一班人聚會喝酒。又說多半湖南安徽兩省口音。我悄悄查一下，果然有老熟人。軍統局、總部內務多浙江人，外頭行動人員則湖南安徽人居多，行內誰都曉得。

這個事情我沒有報告丁先生，不想生事。從前在南京，大家都是「調統」人員，武漢「兩統」分家，到現在又和戰異途。不管怎麼說，到底同事一場。天下特務是一家，生存法則不足為外人道。

丁先生被殺，而且是用炸彈，日本朝野震驚。因為先前說好，下禮拜丁先生要去東京開會。參謀本部中國課跳過華中派遣軍部，直接給上海方面林少佐發電報，要他處理善後調查。林少佐本身工作無關治安。他負責指導籌建一個特務機關，其要旨在整合「和運」各方分散勢力。已在愚園路附近找到一大片房子，正在翻修改建。規模很大，圖紙上包括辦公樓、家屬區、監獄、庫房和槍械廠。說起來，本來確定由丁先生領導這個新建特務機關。如果特工總部早點修成，大家搬進去，這顆炸彈也炸不到丁先生。

未曾來滬之前，在香港，丁先生要登門拜見恆社杜先生，老杜不見。後來丁先生聽說日本人在收集恆社情報，曾動腦筋把情報搞得來，託人送到香港。老杜感其誠意，讓人帶句話給丁先生，說：「道雖不同，來日方長。老丁做人手面是有的。我只替他擔心一件事，丁先生太聰明。」

言下之意，勸丁先生不要為聰明所誤。果然，丁先生壞就壞在「聰明」二字上。他不肯與汪政府諸人一起住，說都在一條弄堂目標太大。偏偏挑這套公寓樓房，包下整個三層。他說，大隱隱於市，一幢公寓那麼多人住，反而不容易引起注意。包下一層樓，樓梯口兩間房住保鏢，平日打開門，拖一把椅子坐在門內，等於武裝崗哨。他又說，這條馬路附近有美國兵營，有義大利兵營，馬路那頭就是巡捕房關卡，再也挑不到比這更安全的房子。

君子可欺之以方，聰明人當然會吃到一記聰明耳光，聰明如丁先生，就吃到一顆聰明的炸彈。

三

那確實是一顆聰明炸彈。已是爆炸後第三天，沒人說清它如何能跑進丁先生房間。所幸英國員警先到現場，若是法租界巡捕房，那幫科西嘉人肯定把現場弄得一塌糊塗。如今至少東西都在，那些碎片。

直至第二天上午九點十分，日本領事館最終迫使工部局警務處讓步。總監命令捕房警力全部撤離現場。僅止一夜，而且在日軍團團包圍之下，公共租界警務處刑事專家就已完成現場取證。也就是說，爆炸現場所有碎片全都分門別類裝進盒子，貼好標籤，登記在冊。這些盒子後來全部轉交給前來接管的日本憲兵隊滬西分隊。

至此現場一切轉由林少佐指揮。上午十點三十分，他下令封鎖公寓樓，直到抓獲恐怖分子。

如果林少佐真想靠封鎖抓獲刺客，那就滑天下之大稽了。只需十分鐘，刺客就可以跑出大樓，順著馬路向東走一百米，轉進橫弄堂，翻過籬笆，消失在沿諸安濱那一大片棚戶後面。爆炸十多個小時後，如果刺客仍舊在現場，那可真是吃得太飽了。要知道碰到日本人，吃得再飽也沒用。

按照日本人的說法，這是「膺懲」，是一種懲罰性封鎖。我一聽說林少佐把封鎖圈從整個街區改劃成僅僅這幢公寓，就很替人家發愁。封鎖範圍越小，時間就會越長。

我有點懊惱。沒有趁亂離開公寓。現在好了，林少佐一到現場，連我們都被關起來。小周第一個忍不住，跳起來砸門，叫嚷聲把日本人引來。

此時憲兵未曾得到什麼命令，要對公寓中人採取什麼措施。他們是刻板的機器，隨時可以把你殺掉，但如果沒有得到指令，他們永遠像現在這樣面無表情，站在小周面前。

他們只要那麼往你面前一站，無論你先前如何跳腳，現在也不敢動了。小周就是那樣。所以本來這件事情可能就這麼過去了，房間安靜下來，憲兵回到過道那頭，像幾台機器那麼站在樓梯口，等候下一個命令。

可是小周害怕了。看到日本憲兵橫起槍，槍上還有刺刀，他放了一個屁。這種事情誰也說不準，一夜沒有睡好，爆炸讓人腸胃失調，也許他早上吃了什麼東西，早飯應該乾稀搭配，但此刻也只能隨便找點餅乾充飢。小周年輕胃口好，也許他另外打開了梅林罐頭。隔壁房間他床頭櫃上，確實有兩只罐頭，一只牛肉，一只番茄沙司，總之都是些不利於消化的東西。總之他放了一個屁，也許他什麼都沒吃，餓著肚子放了一個屁。在一片肅靜中，聲音特別響亮。這是嚴重的不敬，得罪了日本憲兵。日本兵下意識吐了口唾沫，人群中發出笑聲，有人用本地話悄悄在後面說：太君真講究，吃個屁都吐核。笑聲更響了，直到小周被架到公寓門外，仍未止歇。

不久就傳來嚎叫聲。叫聲平息後很久，小周才被日本憲兵拖回來。

他靠牆坐在地上，渾身發抖。別人七嘴八舌，他只管反覆說一句：「把我拎起來往地上摔。」

室內一時間安靜下來。這些人當漢奸也不是一天兩天，到現在都摸不透日本人脾氣。客氣起來，客氣得不得了，動不動給你一個鞠躬，你都來不及回禮。可說翻臉就翻臉，你也是連害怕都來不及。

我稍微猜到點大概，那顆炸彈來得太突然，日本人多半連我們都有些懷疑。但爆炸時，這幫人一個都不少，全在301房間。十幾分鐘前，跟丁先生一起回家，都在房間抽菸。我把一瓶開水送到丁先生房間，給他泡好茶，遞給他報紙，也跑到301，我剛坐下，沒等點上香菸就地動山搖炸起來。確確實實，那幫人一個不少，全坐在一塊抽菸。

門打開，兩個憲兵進來，把窗戶都用釘子釘上。他們走後丁魯小聲說：「這樣子對我們，早知道真不如跑到303跟丁先生一起被炸死。」

要真被炸死，你可連這麼發句牢騷的機會都沒有。丁魯是丁先生鄉下族侄。丁先生帶他出來，既做司機又當保鏢頭目。丁先生一出事，他日子可就難過了。

四

封鎖令下達幾小時後，新的秩序形成了。憲兵隊大部分退到公寓外面。大門兩側堆起沙包，裝甲車停到公寓旁夾弄裡。大樓背後也派了崗。但公寓內部卻很少看到憲兵。一陣惶恐過後，看到憲兵不加過問，有人便開始活動。

什麼叫烏合之眾，平時看不出。到這會兒你看丁魯那幫人，進進出出上竄下跳，一個個滿頭大汗，倒像在操辦什麼喜事慶典。有抓個人上來喝問的，也有到處給記者打電話的。

沒多久便意識到自己也是懷疑對象（那原本顯而易見），又有人忙著出頭，疏通講理。一天折騰，把力氣用光，到晚上才想起，要找東西填填肚皮。大家跟著丁先生，向來不開伙倉。住公寓本來是短局，不宜攜帶家眷，何況這幫人多數也沒有成家立業。幾個人湊一塊，竟無一粒存糧。本來也是驚魂未定，拿點餅乾蛋糕充飢算數。

凌晨有霧，偶爾傳來拖動拒馬的聲音，那些生鐵焊造的傢伙看起來就像怪獸的牙齒，橫在公寓樓下。從３０３那頭傳來敲打聲響，叮叮咚咚，不知他們在幹什麼。

審訊上午八點開始。從頂樓往下一戶戶拉人。我們這些追隨丁先生的人也要照此順序，逐一提審，沒有特殊待遇。間或雜亂腳步聲響起，此外，整個白天公寓安靜得像戲園後臺。

提審到三樓，已是下午。有人回來一說，原來地方在３０３室。昨天日裡夜裡各種古怪動靜，全因少佐大人突發奇想，是他下令修復炸毀的房間，拿它來當審訊室。

丁魯之後就叫我。林少佐果然是個瘋子。３０３室修葺一新，竟然看不出爆炸痕跡。林少佐背靠窗戶，坐在桌後。四月天色早暗，看不出表情。我跟他算得上熟人。多數在跟隨丁先生開會場合，有一回在「六三花園」晚宴。此人有名的特立獨行，藐視上官。據說某次開會突然發怒，起身拍案大罵頂頭上司是「便所之扉」，形容那位少將特務機關長辦事缺乏主見，像廁所門，朝哪邊都能開。他從滿洲被一腳踢到華中，不是沒有原因的。

少佐低頭看一疊卷宗，任由一側小桌後的書記官提問：姓名、年齡、職業、與被害人關係、爆炸發生時人在何處。我自然出之以公事公辦態度，此刻也不必亟亟乎拉交情。書記兼當翻譯，他一邊記錄我的回答，一邊大聲用日語翻譯。其實林少佐曉得我能說日本話。他也能說中國話。

「馬先生，你是丁先生最信任的部下，在案件調查中你要大力協助。」林少佐突然抬頭說這麼一句。他突然說起中國話，我腦子一下子轉不過彎來。

「皇軍可以依靠的人實在太少了。」

我點點頭，卻意識到想要贊同的原本是前一句話。

「這些人都不老實，」他用手指敲敲桌上那疊紀錄，「說謊成性，毫無意義。難道皇軍不瞭解他們？難道皇軍不知道他們原來都是『藍衣社』和『CC團』的人？有些人甚至是轉向的共產黨。既然投奔大東亞共榮圈，就要老老實實。這個蔡德金，從前在租界報紙上寫過反對大日本帝國的文章，有人告訴我們，這兩天他在房間裡說了不少話，我們上午問他，為什麼不肯承認？」

「少佐，人說了什麼，未必就是做了什麼，人做了什麼，未必就會說什麼。」

「馬先生，你認為他沒做什麼。那你是要為他擔保麼？」

我連忙搖搖頭。

「那麼，馬先生，你說誰在做什麼，誰沒有做什麼，你所說的做什麼，到底是指做什麼？」

「就是說——朝丁先生扔炸彈。」

天色漸暗，有人打開一盞燈，強光照到我臉上。如果沒有電燈，審訊就會在晚飯前停下來吧？爆炸發生後，我第一次感覺到飢餓了。

我忽然想明白，為什麼日本人要把我們也列入嫌疑名單。因為——那顆炸彈不是扔向丁先生，而是事先就放到房間裡了。

那其實是顯而易見的。要混進公寓，跑到303門口，朝丁先生房間扔出那顆炸彈，鬼才辦得到，或者隱身人。301室在樓梯口，丁先生把警衛人員安排在這個房間，就是要起這個作用。這個房間從不關門。保鏢們拖來兩只竹榻，輪班坐在門口。

從街上向窗口扔炸彈，也幾乎不可能。丁先生向來小心，從不開窗。陽臺上，一年四季都掛竹簾。

「是啊，海軍武官府派來了陸戰隊爆炸專家。他們得到的結論也是這樣。

爆炸是精心策劃的。馬先生，你從南京特工總部時期起就一直追隨丁先生，在人事方面相當熟悉。依你之見，無論『藍衣社』或者『CC團』，他們中有沒有人能設計出這樣一顆炸彈，讓它恰好在丁先生走進房間後爆炸？」

「我不熟悉做行動工作的部門，戰爭爆發後，丁先生離開特工總部，人事方面很隔膜了。」

「噢，是這樣麼？」

「但我可以確定，這些人當中——」我把手舉起來，隔著牆朝３０１方向虛空畫個圈，「沒有一個受過炸藥方面的訓練。」

我們這些跟隨丁先生的人，本來覺得自己大可不必擔心。頂多判個公事不力，致誤丁先生性命。正在新政府用人之際，也就是關幾天，自然會釋放。可如果炸彈是事先放到房間裡，那最要懷疑的人倒正是這些人。說句老實話，我也不敢替大家擔保。這辰光誰能給誰打包票？就丁先生這群貼身保鏢，從前有跑馬場馬夫，有賭場打手，現在背上盒子炮，都算特工總部警衛大隊人員。丁魯小周，一個是丁先生八竿子打不到的親戚，一個是政府機構失業小職員，個個都是跟丁先生混口飯，個個見錢眼開。何況老丁既做漢奸，人人得而誅之。

背後頭這些人心思，啥人猜得透？

好像猜得到我心思，林少佐看看手錶，對我說：「馬先生不要太擔心。你一直追隨丁先生，我們信任你。你很有頭腦，『和平運動』需要你這樣的人才。我看你不如幫我做點事情。白天你就在審訊室做做紀錄，有什麼建議隨時告訴我。晚上你仍舊回自己房間睡覺。」

緊連著審訊室有個小套間，原先是個臥室。推開門，空空蕩蕩，只放著一只圓桌。桌上大盆內，堆滿幾十只牛肉煎包。我憂心忡忡，一天沒吃東西，覺得這油膩膩冷包子也成美味。

五

封鎖到現在，已是第三天。種種不便，公寓居民漸次習慣，足見人最擅長適應環境。正式封鎖令是在爆炸後第二天上午貼到公寓門口的，但從前一天傍晚爆炸發生後，人員一律未曾放行。人員從外面是可以進入公寓的，但都被嚴格搜身，一應字紙、食物、日用物品均不得帶入。實際上，除爆炸當晚有人下班回家，此後從未有人試圖進入公寓。

居民中最早出現的騷動，發生在爆炸後第二天上午，因為要上班。他們在底樓門廳，吵得越來越響，有的膽子大點，便接近封鎖圈同日本憲兵講道理。領頭那位叫楊明暉，住五樓，在日商會社上班，會講幾句日本話。不知哪句話惹惱日本人，他被一名憲兵從肩後摔到樓梯上。餘下眾人很快散去。

熱水供應問題隨後出現。公寓中水龍頭原本分冷熱兩種，家家戶戶灶披間[1]豎著一臺黃銅炮仗爐。燒煤氣。這是新鮮花樣，打開龍頭，熱水在管道隆隆作響，有一位新晉女作家將那聲音形容作「空洞而淒悵」。

這兩年煤氣公司斷續停供，有時一整天都不能開火。空洞而淒悵的聲音就此銷聲匿跡。公寓居民先是到馬路對面老虎灶[2]拎開水，後來索性跟老虎灶說好，讓他們每天灌滿熱水瓶，送到公寓按層分發。每家在各層樓梯口放幾只空熱水瓶，用油漆在瓶殼寫上門牌號，老虎灶派人每天上午下午收取空水瓶，灌

1 灶披間，即廚房。
2 老虎灶，專賣開水的店舖。

滿熱水再放回到各層樓梯口。

大樓被封鎖，老虎灶上的人不敢來了。有人看到我在幫日本人做事，便來請託，看能不能跟林少佐求情，每天讓老虎灶送點熱水進來。然而這個忙暫時幫不上。也許過一段時間。我建議他們碰到煤氣灶能開火，多燒幾瓶備著，平時就節省用水吧。

各種困難接踵而至。沿街不許開窗，生活垃圾不許出大樓，也不允許把垃圾堆在走廊。這些都能忍受，可是食物——

戰時大家都存點米油，但封鎖第一天傍晚——我當時正在啃著那堆又冷又油膩的牛肉煎包——少佐巡視大樓走廊，看到每家每戶都在開灶做飯，回到303立即下命令：明天一早入戶搜查。搜查結束後，公寓每家居民的存糧都見底了。

「對於堅定追隨『和平運動』的人，皇軍能不能分配一些食物給他們？」

我把剛整理好的一份人物簡述交給林少佐，順便向他求情。似乎那份文件的第一行字就足以引人入勝，他用手指順著裝訂線抹平，用心讀起來，沒有回答我的請求。

我稍候片刻，只得轉身離去。出門前，他忽然遞過來一把鑰匙：「馬先生，憲兵隊搜查沒收的東西，存放在工具間，交給你保管吧。」

憲兵隊逐戶搜查，強行沒收居民儲存食物，此時全都堆放在三樓走廊盡頭工具間。林少佐把這堆食物交給我，他的心思實在讓人猜不透。

六

絕望情緒漸漸滋生。可以拿來吃的東西越來越少。電話線沒有切斷，不知是誰給住在租界的親戚打電話，半夜裡有人隔著烏漆籬笆朝樓上扔食物，有裝大米的小布袋，也有餅乾盒子。那條泥路從諸安濱一側棚戶繞出，穿過大片荒地，一直通到公寓背後。荒地堆滿各種垃圾，野草瘋長，高沒膝蓋。夜裡日本憲兵不太願意跑到公寓這一邊來。這條運輸線路原本是很有可能打通的，但是失敗了。

飢餓的人對食物尤其敏感，稍有動靜，整幢公寓都警醒。沒有人敢亮燈，在月光下撬開釘子打開窗，壓著喉嚨指引方向。小包食物接連扔進來，多數跑偏到別人家裡，於是引起爭執。在樓道裡互相敲門，指責對方打橫炮「截和」，引來了日本憲兵。情急中，楊明暉開窗喊叫，企圖在憲兵發現前最後一刻多運些食物進來。那兩頭大狼狗先前就豎起耳朵，這下聽個分明，轉頭就朝公寓背後籬笆牆竄去。

日本兵朝諸安濱方向開了幾槍，又衝進樓道，把居民趕出來，統統蹲在門廳。先前他們因為飢餓忘記了恐懼，現在則因為恐懼忘記了飢餓。

都以為一到天亮，諸般難以想像的殘酷懲罰就會降臨到他們頭上。從城市周圍偏遠郊鄉常常傳來一些消息，令人髮指。可是林少佐上午回到公寓，只是命令憲兵重新搜查，昨晚運進房間的食物再次沒收。隨後所有人被趕回家中，卻並未深究，沒有槍斃，沒有任何暴行。被搜到食物的居民，情知昨夜違反禁令的行為已坐實，他們一面驚魂稍定，一面又開始想像更大的災禍即將臨頭。

新的告示貼在門廳裡。如果有人能夠向皇軍提供有價值的線索，可以得到獎勵的食物。如果有人繼續擅自偷運食物進入公寓，將以觸犯軍事禁令的罪名加以懲罰。

臨近中午，憲兵又把居民驅趕至樓下門廳，林少佐讓我站在人群前，向他們宣讀告示內容。這不是什麼好差事，我想他們每個人都恨不得撲上來吃掉我。我沒有下命令封鎖公寓，我沒有朝偷運食物的人開槍，可這一切現在毫無疑問都跟我有關。到頭來有些事情沒法耍滑頭，沒法含混過關。我擔心他們忍不住飢餓，往刀口上找食物，再去做點小動作，偷偷往公寓中運糧食，惹得日本人真動了殺機，我這筆債就算不清了。

「馬先生，對封鎖公寓，嚴禁運入食物這件事，你怎麼看？」回到審訊室，林少佐忽然問我。

「餓到這種地步，再沒有來報告的，他們也許真說不出什麼情況了吧？」

林少佐搖搖頭：「他們可能看到什麼，聽到什麼，看起來沒有什麼意思，但報告了皇軍，卻是很有用的線索。有些事情發生在他們面前，看起來很平常，他們可能忘記了，飢餓會幫助他們想起來。飢餓會讓人頭腦清醒。」

他想挖出線索抓到刺客，此舉頗有些不合常規。租界內外刺殺事件層出不窮。日本派遣軍司令部素來只是封鎖懲罰，如果當場未能拿獲，沒有什麼人會異想天開，試圖抓捕刺客。但在林少佐，也不算特別反常。此人一貫好大喜功，在內蒙駐屯，曾擅自策劃偷襲蘇聯邊境。聽說戰役失敗後，他把被蘇軍遣返的軍官分別單獨關押，羞辱他們，不給食物，只給他們一人發一支手槍，裝一顆子彈。這些關東軍軍官最後都自殺了。此事幾近殺人滅口，但不知為什麼，軍部只是將林少佐另行派遣，未予深究。

這一回，不知他又想搞出什麼花樣。

我們這些人，沒一個會做飯的。從林少佐那裡弄來一大堆食材，米、油、雞蛋、鹹肉、魚乾，也只能捉著手你看看我我看看你。

到後來小周出了個主意，不如找人來幫忙。

「楊明暉家小新婦，會做一手好小菜。楊家在日商會社做事，總歸也好算親日分子。」

楊家媳婦一上灶，油煙飯香頓時瀰漫。幾根黃魚鯗，蒸得雲霧繚繞，一時間整幢樓悄無聲息，只剩下那一股鹹鮮氣味在樓道門縫飄進飄出。

丁先生未出事辰光，301室從來不關房門，如今也沿襲那種舊習慣。通廚房間的門虛掩著，裡廂灶臺上，站著楊家媳婦。煤氣一時有一時無，飯也做得斷斷續續。這倒對了小周胃口。汪政府中人，既已當上漢奸，身前身後名是不想了，從上到下個個都是醇酒婦人。而且情場徵逐，大家先到先得，不爭不搶。

既然小周先一步落手，別人就在房間抽菸閒話，只等飯菜上桌。耳聽得廚房間絮絮叨叨，一時間忘卻離亂江山。

有人伸頭進來，怪叫一句：「真香。」

是鮑天嘯。住二樓，202。蘇州人。我不喜歡他，是個滑頭貨。丁先生剛住進來時，他總喜歡有意無意湊上來。門廳裡樓梯上，畢恭畢敬打招呼。丁先生是大人物，有心人每天讀讀報紙，自然認得。一趟兩趟見多了，丁先生也叫人打聽他。又問我。我知道這些人，生逢亂世，窮極無聊，多半是在找機會。況且是個文人——調查下來他是個寫連載小說的亭子間作家。這種人最難弄，多數過河拆橋翻臉不認人，不值得幫他說好話。我對丁先生說，雖說「和平運動」首要人才，其實最要緊是武人。文化人麼，等大局明朗，自然蜂擁而至，不亟亟乎一時。

有人叫他滾開。又有人在角落裡冷冷說一句，餓煞鬼投胎。鮑天嘯臉上更是笑開了花，有人罵好過沒人理會。他自說自話跨進門，有那麼幾秒鐘，他忽然神情恍惚，進到房間裡，鮮香更濃郁了。順著氣味方向，他急速轉頭一瞥，隨即定格，下巴停在半空中，像一個突然失明的人在尋找方向。幾秒鐘後，浮滑的笑臉又回來了。但在那轉瞬之間，他決心已定。

他朝我看來，說：「馬先生，如果有關於爆炸案的情況要報告，是不是來找您呢？」

我想了一想，回答他：「你應該直接找他們報告。」「這裡能跟日本人說上話的，也就只有馬先生了。」

我掐了菸，起身把他帶到審訊室，遞給他一疊印有豎格線的紙。你自己寫吧。

七

審訊室原先是丁先生的客廳。房間很大，朝向街道的那部分是個凸室。像艦橋，也像個大玻璃籠子。碩大窗戶，幾乎占滿三面牆。乳白漆細鋼窗，鑲嵌從英國洋行訂購的巨幅平板防彈玻璃，這種玻璃原本是用在汽車上的。丁先生入住後，為安全起見，房屋由日本工程師監督改造。特工總部警衛大隊剛剛成立，又特地派來開鎖專家來做破壞測試，想盡辦法也攻不破門窗。不要小看這些傢伙，特工總部確實搜羅了一批奇才異能的江湖人物。

可最後仍舊發生爆炸。我來過現場，瓶瓶罐罐炸得粉碎，牆壁和天花板上嵌著瓷片，到處是炸成碎塊的地板，大部分都已燒焦。滿地都是牆紙碎屑，連金屬都扭曲變形。

沒有人猜得透林少佐的心思。修復現場，拿它當審訊室，是急於抹去反抗痕跡讓城市恢復秩序？或者，純粹出於某種古怪戲劇天性？

凸室像個朝向街道的舞臺，陽光和喧鬧透過窗戶，像被人精心挑選過一般落在室內，增強了舞臺上的效果。封鎖三天，已有消息靈通的記者站在馬路對面的弄堂口觀察。那條弄堂到底有一家俱樂部，前樓舞廳，後樓開賭場。屋頂天臺布置得花團錦簇，到夏天，舞場就搬到天臺上。此刻頗有幾個伶俐善鑽營的傢伙，扛著照相機跑到天臺上朝這邊看。

林少佐突然向上伸直手臂，兩手握在半空中，就像舉著一把軍刀，挺著腰先向左畫半圈，又向右畫半圈。他起身站到窗後，摸了摸窗框，又摸了摸插銷。隨即打消開窗念頭，似乎觀眾太少，讓他厭倦了這番做作。他回頭盯著鮑天嘯。

鮑天嘯垂首縮坐椅上。他是首度出臺的主角，惶恐地發現自己已失去對身體的感覺，只得雙手使勁按住大腿，從中獲得一點安慰，鼓起勇氣等候輪到他的第一句臺詞。

一份人物簡報放在審訊桌上。按照林少佐要求，我彙編了審訊筆錄，又從巡捕房檔案卷宗上摘錄了幾段。自從公共租界警務處由日本人擔任副總監，政治部以外所有檔案，日本人已可隨意調閱。

鮑天嘯。男。三十二歲。籍貫蘇州。昭和十年間來上海，現居愚園路貳佰壹拾玖號甜蜜公寓二樓２０２室。先從業英商卜內門洋行，復因故被辭。甜蜜公寓２０２室由鮑天嘯與人合租，其共同租戶何某亦係鮑天嘯洋行同事。據何某稱，渠因好酒成性，工資不敷酒樓局帳。向同事借錢不還，致於寫字間內爭吵打架。辭離洋行後乃以鬻字為業，投稿於本埠文藝小報，多為連載公案小說云云。

渠云六月三日爆炸發生當日午後，一直在家中趕稿。未曾出門。後又稱中間曾短暫出門，至馬路對面菸雜店購買兩包香菸。渠云據仔細回憶，未發現爆炸前後公寓內有可疑情況。

「——鮑先生。」

林少佐很有耐心，他假定馬路對面那稀稀拉拉幾名觀眾能聽見他的聲音，為了顯示舞臺技藝，他甚至略略改變了一下發聲位置，加強了聲音的效果。此刻那位審訊對象正努力進入角色狀態。如此一來，也許對他有所幫助。

「幾天前，在第一次調查筆錄中，你說那天下午只顧趕時間寫小說，直到爆炸聲響。像報紙上教育市民的那樣，你連忙鑽到桌子底下。顯然你以為炸彈是天上掉下來的。一兩分鐘後，你聽見外面有人在跑動，這才離開房間。」

「現在，爆炸過去三天。你坐在自己的房間，忽然想起來了，有一些情況你沒有及時告訴我們。你決定糾正過失。確實是個過失，很嚴重。因為時間過去三天，情況有了變化，先前有用的線索，現在可能斷了。沒有人傻到會坐在房間裡等三天。他們沒有受過訓練麼？他們是鄉下的農民麼？他們買不到船票？他們的香港腳爛了不能跑路麼？順著越界築路一路向西，在那些稻田和油菜花地裡跑上兩天，他們不就能找到自己人了麼？」

鮑天嘯吃驚地望著林少佐，像個臨時演員，被叫來頂替別人上場，完全跟不上節奏，把臺詞忘得乾乾淨淨。

「不是——也不是那樣，」他試圖扭轉局面，讓劇情進展得慢一些，「我不知道有沒有用，對破案。畢竟那是個女人。」

「女人？」

「我不能肯定她有沒有關係。誰會想到女人呢？會扔炸彈的女刺客，外國小說也不會這麼寫，女人不適合用炸彈。不過仔細想想，在這種情況下，陌生人總是可疑的。雖然那是個女人。」

「你認為扔炸彈的很可能是一個女人？」

「她拿著盒子。可能是點心盒。我意思是說，當時看起來，那是一只普通的盒子。裝在網兜裡。」

「用網兜提著點心盒，是來做客的。那麼誰是主人呢？」

沒有。所有的訊問筆錄都在這裡，每個人都仔細交代了爆炸當天所見到所聽到的一切，沒有任何人提到那天下午家裡來了客人。

到目前為止，最有價值的一條情報線索浮現了。儘管日本方面看起來並未給予足夠重視。林少佐把鮑天嘯交給我做筆錄，自己跑了。

比起情報本身，林少佐似乎更重視如何發獎品。他抱著手臂，用一隻手不斷揪著上嘴唇，視線越過鮑天嘯頭頂，好像那兒有一本菜單。他稍有些舉棋不定地建議，午飯時間已過，先來點松鶴樓蝦油拌麵點綴點綴，如何？鮑先生，你有什麼要求，儘管向馬先生提出來。

「如果日本人確認了，是不是就可以解除封鎖？」

林少佐離開後，他問我。

「如果能抓到罪犯，當然會解除封鎖。」

「刺客是外面的人，何必抓著大家不放呢。」

這就是他的動機麼？報告，刺客是個陌生女人，提著炸彈呢，別以為裝進盒子我就認不出那是顆炸彈。然後憲兵們就歡歡喜喜地撤回兵營了。為什麼不呢？反正刺客不是本地居民。如果這就是他的想法，他可真是在玩火。

門口那兩名憲兵被派去松鶴樓，開車來回需要半小時。我懷疑鮑天嘯是餓瘋了，想要從虎口裡尋點吃食。

八

爆炸那天下午，他在趕稿子。最近有一部連載小說聽說過麼？《孤島遺恨》，他矜持地告訴我，連載三個月，沒想到讀者喜歡。編輯部甚至專門請他吃燒江鰻，獅子樓上雅座裡，老沈問他，這故事能不能再多拖個十天半月。

「那天下午，大概三、四點鐘樣子，應該是三點半左右。我寫上一段，就會停下來看看時間。我總是那樣，逼急了倒能想出好主意，每次交稿都要拖到最後。」

有人在樓道敲門，輕輕地，但很急促。聽聲音他以為是隔壁。201室住著趙太太，於是他好奇心發作，悄悄跑到門後，凝神細聽。當然啦，那是很自然的，他是作家麼。如果是在敲趙太太房門，誰會沒有興趣呢？

你沒聽說麼？他詭祕地指指我的桌子，這種事情能不能不要寫下來？趙太太去年剛成了寡婦。就在春節前幾天，趙先生在家門口被人槍殺。趙先生是法租界巡捕房高級警官。為維護公董局僅剩下的那麼點尊嚴，葬禮辦得特別隆重，從維爾蒙路到格洛克路，一路上都有人圍觀送葬隊伍。葬禮結束後，趙太太立即搬了家。過年時巡捕房還專門派人到甜蜜公寓，給趙太太送來一大筆撫恤金。

你不知道麼？說起來也對。你們是甜蜜公寓最神祕的住戶了。沒有人敢隨隨便便跟你們說話。

「這麼說來，你膽子很大。你不是常常主動找丁先生說話麼？你不還總跑到三樓我們那兒來麼？」我笑著說。

他沒有理會我話中嘲諷之意，堅持要把關於趙太太的故事講完。聽說那時候趙太太剛搬來沒多久呢。剛過了年，是正月裡。半夜三更門房老錢上樓關燈，你說巧不巧，撞上姦情了。男的站在門口，趙太太站在門裡。啊呀呀，趙太太連褲子都沒穿。

「瞎說。」

老錢說，掛在她屁股上那條短褲，跟不穿有啥區別？就這麼跳出被窩急急來開門。那不是才三月麼，你想想，夜裡有多冷。老錢真是個人物。你想知道這地方有什麼新鮮事？到門房間坐坐，陪他吃吃花生米，喝杯黃酒。他是「包打聽」，情報販子，故事大王。他還有考據癖。他會從床板下掏出一本畫報告訴你：喏，就是這種式樣，趙太太也是穿這種短褲。無人質疑，因為趙太太只在自家衛生間晾曬褻衣。

鮑天嘯站在門口，耳朵幾乎貼在門上。他好奇心發作，一定要活捉苟且偷歡的姦夫淫婦。這一次輪到他了，他要向大家證明，誰才是這座公寓裡真正的故事之王。但敲門聲不是在隔壁。他失望了麼？

「我想起來了，人都去虹口公園了。『天長節』慶典，丁先生請大家去觀禮。」

連傭人們都去了，典禮後憑門票領取福袋，大福團子，金平糖，女傭們最喜歡。丁先生拿來一疊門票，丁魯領著幾個人一家一家送。這證明公寓到處覆蓋的護壁板是有用的，他坐在自家房間能聽見敲門聲，完全是因為周圍太安靜了。

他抓起褲子穿上。他午睡剛起來，裹著棉被坐在桌前埋頭書寫，他喜歡把自己裹成一只大口袋來寫作，就像雜誌上木刻的巴爾扎克。他來到門外。有人在三樓敲門。三樓是丁先生和你們這些人住的。我們從來不去三樓，但大家都曉得，三樓是不斷人的。丁先生有警衛，有保鏢，也有傭人。來了訪客，301就會有人出來接待，他們總開著門。

敲門聲持續了一會，客人開始說話。是刻意壓低聲音地喊叫。這會兒他聽清楚了，是女客。他站在樓梯邊，豎起耳朵，聽見門鎖咔嚓作響。於是戲劇性的一刻出現了，他快步上樓，從樓梯間伸頭看。陌生的女人，兩隻手都在鑰匙孔上，一隻捂著另一隻。地上放著一個大盒子，套著網兜。

「你們說話了麼？」

他問了，丁先生不在家麼？她回答了，那我等等他。

「這麼說，她進門了？」

松鶴樓蝦油拌麵送到時，鮑天嘯已完成供述。林少佐站在審訊桌前很快讀完筆錄。他打開盒蓋，三只仿製乾隆五彩大碗。雪白麵條上厚厚覆一層豔紅蝦腦，閃閃發亮。

不，這一點鮑天嘯無法給出肯定答案。回想起來，他什麼都沒看見，他只是「認為」他聽見了打開門的聲音。

可是林少佐，同文書院和陸軍大學的高材畢業生，既是中國通，也是出身於參謀本部謀略課的後起之秀，在他面前，可不容易蒙混過關。你說的任何話，他都要親自實驗。他命令兩名憲兵去樓下，一個站在樓梯間，一個跑到二樓鮑天嘯家，關上門，站在門後。憲兵隊耳朵最尖聽力最好的兩個，如果鮑天嘯能聽見，他們當然也能聽見。如果連他們都聽不見，那麼鮑天嘯十有八九在說謊。

而此刻，林少佐站在鮑天嘯面前，盯視著他，一分鐘，或者兩分鐘。他又轉到椅子背後，伸手拍了一下鮑天嘯的肩膀。

他坐回審訊桌，摸摸領扣，又抱著手臂，好一陣不說話。然後他開始笑，笑得越來越響，笑得像是在演戲。他把碗端到面前，用手指比齊筷子，把麵條捲進嘴，牙齒閃閃發光，如某種不知名刑具。他吮吸，咀嚼，紅色蝦油沾滿嘴唇，他故意延長這惱人的聲音，讓它在室內回繞，鑽進別人的腦子，讓人坐立不安。

「鮑先生，幾分鐘前，我們做了一個小小的試驗。結果證明那天下午你根本聽不見303房間的敲門聲音，你欺騙了我們。你想誤導皇軍。可是，為什麼呢？你為什麼想把皇軍的注意力轉到公寓外面去呢？我們不禁要這樣想，是不是你早有所知，瞭解真正的罪犯是誰？也許那個刺客就是公寓中某位居民？難道你本人參與其中，所以你想轉移皇軍視線？」

憲兵從陽臺上提來一只水桶，麵和碗全都扔進桶裡。他們從背後猛踢鮑天嘯座椅，他連人帶椅翻倒。有人抓住他的頭髮，把他拎起來，按著他，跪到地上。

右側那扇門原本通向衛生間，瓷磚已重新鋪設，甚至搬來一只新浴缸。現在那裡變成刑訊室。也許是因為地面堅硬，容易清洗。

林少佐點點頭，憲兵把鮑天嘯拖進衛生間，關上門。很快傳來一陣沉重的悶響。二十分鐘後鮑天嘯回到審訊室，他被放回座椅。衣服破了，手臂僵垂。憲兵隊不常使用刑具。他們用拳頭打，用皮靴踢，或者把人提起來往地上摔。

「鮑先生，小說家常常會出差錯，有些關鍵細節不合邏輯，於是整個故事就垮了。讀者會覺得自己有權質疑，他們會用自己的方式來批評作家。但還來得及修改。挑剔的讀者很有好處，他們提供意見，幫助你講出一個好故事。」

鮑天嘯改變說法。他在樓梯上見到了那個陌生女人。他急於領賞，所以對事實做了一些改動，而且不免添油加醋。這一點林少佐是能夠理解的，作家們不都這樣麼？

他並沒有埋頭寫作，沒有那麼專心。實際上，那天下午他寫得不是很順利。他出門買香菸了，菸雜店在馬路對面。碰巧在樓梯上遇見那個陌生女人。

少佐說：「時間呢？」

「三點半左右。」

「你遇見她——準確的位置在哪裡？」

「我剛出二樓樓梯間，正下樓梯。」

九

那天晚上有人說，鮑天嘯絕對不是自作孽想尋死。他自己找上門，向日本人報告刺客線索，舉動看似發瘋，其中卻另有緣故。「他是不是想到日本人那去找靠山？」當時老錢猜測。他敲開每一扇緊閉的房門，壓低聲音把消息告訴大家。

此刻公寓中人，好像得了某種自閉症，又好像螻蟻退縮到洞穴中，不相往來。樓道寂然無聲，整幢公寓似乎只有老錢是活人。他照舊按時上樓巡視，咳嗽聲大得像個國王，他訓斥那些窗栓，在樓梯間咒罵熱水瓶，宣布每家每戶必須將寫有自家門牌號碼的熱水瓶拿回家，即刻執行。一轉身，他又拿掃帚出氣，一腳把它踢到牆角。

即使是日本憲兵，也不得不與老錢妥協，承認他與眾不同的地位，依靠他管理這座被占領的公寓。由他負責掃除樓道垃圾，修理不時會出點問題的管道，他成了這塊被占領土的主人。他與站崗的憲兵比劃手勢，他任性地敲敲隨便哪家的房門。公寓中有幾位先生太太他素來敬畏，認為「有身分」，難得人家跟他說幾句，他也都垂著手陪著笑。可憑著新近獲得的地位，如今他也能板著面孔拒絕，那個不行這個不能。看到人家皺眉苦臉輕聲輕氣，他反而要開幾個玩笑，聲音特意說得響亮，好像如此一來，身分高下就能得以鞏固。

後來，也是老錢最早轉變看法，翹起大拇指，一五一十說起來，好像當初他就能識於微時，看重鮑天嘯，並與他結交。他是鮑天嘯的堅定辯護人，又好像成了他的鐵杆戲迷，好像在他眼裡，鮑天嘯所有舉動都意味深長，一招一式都有既定目標。

即使到那時，關於鮑天嘯的動機仍存在爭議。反對者說他不過是賭一條爛命，是淹死前胡亂抓根稻草。他們內心深處也許有點不安，當初他們逼迫他，弄得他只好去找日本人。但就算他們隱約感到愧疚，也不會自己站出來扛下罪名。不管怎麼樣，鮑天嘯確實偷吃了人家的東西。生死一線間，一小片麵包、半碗米飯都性命攸關。怎麼能說他們先前做得不對呢？

封鎖第三天，人都餓昏了頭。近來，日本憲兵隊頻繁出動封鎖，但此前從未動過食物的腦筋。封鎖把公寓變成一個與世隔絕的監牢，而斷絕糧食就像是再加上另一層牢籠，飢餓使人彼此隔絕，成了孤魂野鬼，每個人都躲在家中，躺在床上，坐在角落。

鮑天嘯卻忽然活躍起來，神神祕祕放出消息，說他有辦法弄到吃的。現金交易，一袋米五百塊。一瓶美國進口牛肉精，五百。一罐福牌樂口福[3]，三百。在戰前，這兩三袋米的錢就能買一輛小汽車。有人咋舌，可是也有人出得起。再說，你也要替人家想想，憲兵隊封鎖下組織黑市交易，抓到會被槍斃。

說實話，我聽說價錢這麼貴，也是吃了一驚，沒收的糧食堆在工具間，林少佐把鑰匙給了我。我有一大堆食物，我的腦袋也還正常，我還能像正常人那樣判斷一樣東西能值多少錢。

那樁買賣，細節無從查考，大概是鮑天嘯收了錢，但沒有按照約定給貨。可能給了一部分，後來突然斷貨。我想他一開始不過是想從中騰挪，希望用後帳補前帳的辦法來應付。他沒錢，他又是個天吃星下凡，在這種情形下，誰會不拿過手的糧食先填飽自己肚子呢？他可能覺得，哪天封鎖解除了，事情不就結束了麼？一旦雲開日出，別人也不會太為難他吧？但他虧出個大窟窿，騰挪不開了。於是，有人鬧起來。

蔣存仁領頭，他是房東。公寓真正的業主是一個英國洋行老闆。一年前回國，離開前把公寓名義上轉讓給蔣存仁。私底下再另做一份協議，約定哪天他回來，有權無條件收回公寓。

審訊鮑天嘯的那天晚上，我回到自己房間。我住３０２室，除了震碎幾扇窗，炸裂一堵牆，一只熱水瓶和兩盤瓜子翻倒在地上，爆炸沒有對這個房間造

3　樂口福，一種營養飲品。

成更大影響。但爆炸給我個人生活帶來一個需要好好斟酌的難題。爆炸之前，我只是追隨丁先生，為他工作。爆炸過後，我卻成了個如假包換的漢奸，給日本人做事。漢奸這兩個字，再也不能像以前那樣只當成一句玩笑話。

要不是蔣存仁，我寧可在隔壁混到半夜睡覺時再回來。因為還能開火做飯，如今301室有一種奇異的家庭氣氛，好像在刻意上演某一部角色錯位的喜劇，一群慣於打家劫舍的強盜圍坐飯桌，說著些家長里短。外面有更狠的日本憲兵，他們只得輕聲細語。

甚至連女人都不缺，楊家媳婦來幫廚，要把一切都收拾妥當，她才能帶點剩飯剩菜回家。假如來個外人，可能誤以為小周才是她男人。

是門房老錢替蔣存仁上樓傳話，說他想來見我。他在擔心什麼呢？我虛掩著房門，他像個老烏龜慌了神，從門縫裡先伸進來一隻腦袋，又縮回去，然後悄無聲息進了門。

他驚魂未定，呼哧呼哧喘氣，多半覺得剛剛那幾步路是冒了大險。

「你們好大膽子，敢做這種事情。」

我索性嚇唬他。

「都怪鮑天嘯這個王八蛋。馬先生，你要出來講一句公道話。」

我忽然明白他是來威脅我的。在這齣戲中，他會是主角。他手上有好幾副牌呢，他可以花錢買通我，也隨時可以翻臉。這是老一套，好多年不用了，但現在仍可以信手拈來。

我恰到好處地笑了笑，點上一根香菸，裝得沒有看見他正熱心地盯視著桌上那杯樂口福。

「老蔣，你太不小心了。」我板起臉教訓他，「做人要老老實實，不要投機取巧。你的花樣太多了，在日本人背後你也敢瞎胡搞。你是有案底的。」

他的手停在口袋裡抽不出來了，我好奇那裡頭有什麼，小紙片？金條？或者他其實就是想掏一包香菸？

「你的情況，特工總部是很清楚的，憲兵隊也不會不曉得。民國二十四年，你在南市搞了一個抵制日貨協會，查抄了很多日本商品。租界裡所有抗日分子，我們都摸了底，你是記錄在案的。」

他激動起來：「啊呀，馬先生，那時候誰知道他們會打進來？那時候誰不喊兩句抗日口號？丁先生也是反對日本的，馬先生你不也是反對日本的麼？」

「但你是明星，你振臂一呼，別人就跟在你身後。報紙上都有你的照片呢，你站在查封的商號倉庫門前，手上還高舉著一面小旗子。你們理直氣壯，政府也拿你們沒有辦法。委員長自己是打算低調一些，先把國內的建設搞好。可是你們吵著要抗日。所以沒有辦法，只好聽你們的。」

「怎麼——馬先生，你實在是高看我了呀，馬先生，馬先生！你這麼說，我只能跟你說實話。查封日貨，那都是騙騙洋人頭，我們那都是看那些囤賣日本貨的商人賺了大錢，氣不過麼。」

「你們？是你自己吧？拿國家大事作幌子，煽動民眾，實際牟取私利。就是你這樣的人，把委員長逼上梁山，不惜與日本一戰，把汪先生拖下水的也是你這樣的人。」

你自己也不過是個漢奸，我忽然覺得好笑，你是想拉他來墊背麼？玩弄這個小人物，翻他的底牌，揭露他，讓他自慚形穢，好讓自己心安理得？

南京撤退時，特工總部包下那艘「建國」輪，把多年積累的情報檔案全都搬到漢口。一年以後，這批檔案又從漢口黃陂路平漢鐵路黨部二樓搬到重慶川東師範。啊，我還忘記了一段呢，剛剛到重慶那會兒，全都亂了套，應該先是在儲奇門藥材公會吧？房間分不過來，大家都擠作一堆，一扇門上掛七、八個牌子。在漢口時，所有人都往外跑，去鐵路飯店，那裡有女人，也有牌局。那可真是醉生夢死。也不能怪這些人，國共合作，全民抗戰了，大家都找不到工作目標，連單位都要讓人家拆了。檔案箱子破了沒人管，全都堆在院子裡，碰到下雨天，成箱成箱泡爛。很多檔案就此丟失，找不到了。有些事情也遺忘了，沒人記得。可我還記得一些事情，能夠記得的東西，你都能記住，對麼？

蔣存仁，一住進甜蜜公寓，我就想起來了。民國二十五年，嗯，我要提醒自己，如果是給林少佐編情報，要寫成昭和十一年。好吧，誇大事實沒有必要。丁先生要我對公寓所有住戶作一個簡單調查，安全考慮。門房老錢告訴我二房東蔣先生從前做過抵制日貨協會會長。因此一切都想起來了。蔣存仁，一度改名叫蔣國仇，後來又改回來。他在使用蔣國仇那個名字的一年多時間裡，完全是另外一個人。他搖著一面小旗，在街上吶喊。他嚇壞了租界裡那些跟日本人做生意的商人，日本貨被沒收公賣了，再也沒有人敢跟日本人做買賣了。日本政府威脅南京，南京發布禁令，不准取締日貨，協會關門，蔣國仇改回名字。

但是他不知從哪裡發了一大筆財，開了一家銀行，租界裡從此多了一位新貴人。沒人知道他的錢從哪裡來，風傳他把拍賣日貨所得侵吞私用。但是在上海，只要你有錢，沒人能拿你怎麼樣。

我不打算把他那段歷史告訴日本人，我只想讓他閉嘴。因為偷偷把食物賣給鮑天嘯的人是丁魯，把工具間鑰匙交給丁魯，讓他從那取走憲兵隊沒收的糧食的人，你們覺得還能有誰？「每次只拿一點」，「從下面拿，上面照樣堆起來，把中間挖空」，「每次拿多少都要告訴我」。我一邊給丁魯定下七、八條規矩，一邊懷疑他會不會照辦。

我問蔣存仁，他們到底有什麼打算，是真想跑到日本人面前去告狀麼？他們真覺得日本人會主持公道麼？

不，他說，他們只是嚇唬嚇唬鮑天嘯。誰知道他真害怕了，自己先去招惹日本人。難道搶先一步告狀，他自己就能脫罪了？難道東西不是他自己賣給大家的？他們手上可是有證據的，人證物證都有，有他親筆寫下的欠條呢。他要敢在日本人面前胡說八道，大家商量好了，所有人一起咬他，咬死他，就說是他偷偷把糧食運進公寓，他一定有一條祕密通道，誰知道呢，也許英國人當年造這座公寓的時候修過地下通道呢，民國二十年鬧北打仗，天上扔炸彈，後來新建房屋，很多都修了地下室。也可能下水道——

我覺得很有趣，把人關起來，想像力倒豐富了，鮑天嘯竟然成了個神祕人物。

「地道？」我驚訝地說。

「要不然那些東西怎麼弄進來？」

「他為什麼要偷偷把糧食運進來賣呢？」

「就是跟日本人對著幹麼！鮑天嘯本事大得很呢，告訴你馬先生，我可不想害人家，你自己知道就行了，千萬不能跟日本人說。鮑天嘯鬼得很呢，常有陌生人來找他，都是些奇奇怪怪的人，我不是說那些舞女。有一趟他不在家，對面濟世藥房的跑街把一包藥粉放在門房老錢那，讓轉交給鮑天嘯，老錢隨手放在桌上，藥房先生急叫起來，說這東西不能碰水，一碰水要爆炸。」

我警惕地看著他，講故事要適可而止，有些故事會要人命。

「他常去愚園路頭上那家無線電行呢，聽老錢說，他會擺弄那些東西，自己在家裝無線電呢。你說馬先生，他會不會有一個電臺？」

「電臺？」

我越發驚訝了。

「要不然他怎麼跟外頭聯繫呢？做買賣要通消息呀。」

「蔣先生，」我不得不嚴肅地說，「你一定是小說書看多了，有些話瞎講起來，弄不好是要殺頭的。」

「是是，馬先生，鮑天嘯是寫小說的，他們寫小說的人是有點神神祕祕。有時候做事情在平常人看起來，就像小說一樣。」

「你剛剛說，鮑天嘯那裡常有女人？」

「這個事情，你要問老錢。他坐在門房間，公寓裡哪一個門洞出什麼花樣，沒有他不曉得的。」

「你們是嫌這裡不夠亂吧？這點小事情，要鬧到日本人那裡，要鬧到殺幾個人你們才安寧？」

「就是想請馬先生從中斡旋，叫鮑天嘯這隻赤佬不要再惹事了。」

「林少佐審訊鮑天嘯，我也不在場。那件事情不曉得他有沒有對日本人說。不過林少佐後來也問過我，好像他們在說一個女人的情況，你們回去想想看，一切的一切，都是為了抓到刺客，你們都要把腦子放在這件事情上，仔細想想爆炸那天公寓有什麼反常事情。至於你們之間那點小事情，最好就此閉嘴，鮑天嘯那邊，我會警告他。」

如今回想起來，不知道為什麼我當時決定不把實際情況透露給蔣存仁，鮑天嘯去找日本人，根本不是要把私下買賣糧食交代出來，會這麼做的人一定是笨蛋。鮑天嘯當然不是笨蛋。蔣存仁卻以為鮑天嘯是要「搶跑道」，在日本人那裡占住先機，說不定反咬一口，說他們自己偷偷做買賣，到那時他們再說什麼日本人都不會相信，可能會覺得他們出於報復，攀誣上鮑天嘯。

但鮑天嘯此舉，我當時確實解不透。說實話現在也沒有完全想通。人到發急了，是可能往絕路上找生機。誰讓老蔣他們那麼逼他呢？也許他覺得，如果日本人聽信他的話，解除封鎖，公寓居民總不見得不顧這大恩大德，仍舊要跟他算帳吧？又或者日本人沒有解除封鎖，單單以他重要目擊證人的身分，在憲兵隊保護下，公寓居民也不敢對他怎麼樣吧？

鮑天嘯是個會惹麻煩的傢伙，這個我早就對丁先生說過。

林少佐笑著宣布，他始終認為想像力比事實更重要。他在茫茫人海中尋找罪犯，這種工作與鮑先生構思一部小說之初，從虛空中捕捉一個模糊的形象，讓他逐漸浮出迷霧，變得清晰，變得活生生，變得好像伸手可以觸摸到，兩者有何區別？真相是一種獎品，但它本身從不發光。想像力才能照亮你穿越陰暗迷霧之路。

林少佐說，他不會限制鮑天嘯，你可以隨便說，記憶，想像，事實，虛構，什麼都可以說，什麼他都想聽。但是，每一部小說最後都要讓讀者來裁決。這一次，他本人希望擔起責任，鮑天嘯負責講故事，由他來評判。如果他喜歡鮑天嘯講的故事，他將會請你去那邊——他把手向左面那扇門一揮。那裡有一個圓桌，桌上放著紙和筆。鮑天嘯可以在紙上寫下任何想吃的東西。任何飯館酒樓，任何菜式，鮑天嘯都可以寫，他會派人馬上去買回來。

假如不喜歡他講的故事，林少佐惋惜地撓撓頭，告訴鮑天嘯：「你就會被送到那裡。」

他指指衛生間：「滬西憲兵隊的柔道專家們在那裡等著你。不會太久，你只要堅持半小時。那之後，如果你能繼續，我們就接著下一輪。你看如何？」

我希望有那個女人，真有。真相不僅是獎品，當真相可以殺人的時候，它也便是可以拿來活命的本錢。如果鮑天嘯有這筆本錢在手上，我就比較放心。他不會把丁魯跟他交易那件事當本錢吧？他有那麼笨麼？女人是個好主意，陌生女人，那更好。大家都脫清干係。把炸彈事先放到丁先生房間裡，女人沒有問題，也許更加合適。鮑天嘯這個開頭很不錯，有個陌生女人站在樓梯上。

日本人接管後，海軍武官府派出爆破專家，最終確認那是一次延遲引爆。這個情況只有極少數人曉得。連巡捕房都不知道，雖然他們最早進入現場。

鮑天嘯這個有關陌生女人的情報，與上述結論相吻合。來得正是時候，讓人有點吃驚。難道是所謂「真相總是在它該出現的時候出現」？或者，鮑天嘯確實有那種小說家的神祕天賦？

「鮑先生，請你開始吧。」

三點十四分，這一次他相當確定，因為臨出門前，他瞄過一下掛鐘。他關上房門，但沒鎖。出門買菸他習慣那樣。這裡沒什麼閒雜外人，再加確實也沒什麼值錢東西。

他進樓梯間時，那女人正上樓。燙捲短髮，不是全部都捲，是髮梢有一點捲。用過一點口紅。淺灰色細格薄大衣，束帶收緊打個偏結，上樓梯時能看見藍色旗袍，可能是那種寶藍色。不太確定。

啊哈，修長美麗的年輕女郎，林少佐起勁地說，在旗袍上加一件風衣確實很合適。鮑天嘯說，他在衣著方面沒把握。高跟鞋，加上帽子，女人很容易改變印象。很容易，林少佐贊同——尤其是如果她受過訓練。

「鮑先生，你看到那個女人的時候，她正在上樓？」

「是上樓。」

「原來如此。所以你能看見高跟鞋，也能看見帽子和捲髮。」

有些人從開始就有完整的故事，你施加壓力，不斷誘導，你在同一點上反覆地提問，在一遍又一遍重複中，他會完全亂套。有些人正相反，他們的故事會越來越清晰。審訊時做口供如此，想來鮑天嘯他們寫小說也會這樣吧？

「她上樓，你下樓。鮑先生，你怎麼知道她要去三樓丁先生房間？」

「想起來了，她跟我說過話。她問我，丁先生在不在家？」

「很好。她跟你說過話。你覺得她說話像哪裡人？」

「上海口音，稍微夾點蘇州話。」

「你告訴她沒有？」

「是。我告訴她丁先生不在家。」

「你知道丁先生不在家？」

「丁先生不是普通人。他在不在家鄰居都曉得。有很多保鏢。」

「是麼？」林少佐饒有興趣，「丁先生讓他的警衛人員站得到處都是？」

我話到嘴邊急剎車。

「有兩個便衣常川[4]站在公寓門外馬路上，靠著電線杆抽菸。天氣好有太陽，就搬個椅子。三樓樓梯間進去，也有。他們天長日久，吃吃香菸說說話，都跟公寓門房老錢混得熟，有時候就坐在門房間。」

---

4 常川，經常、連續不斷的意思。

行動大隊這些人，要說打架鬥狠動刀動槍，大約都算腳色，規矩是沒有的。整天在公寓裡上上下下，又沒什麼正事做。不是站到人家門框勾搭傭人，就是坐在門房抖腳吹牛皮。丁先生出事，總歸要吃一點苦頭。但責罰有大有小，如果到後來找不到刺客，日本人要論起來，就拿鮑天嘯說的這幾句，至少多蹲兩年大牢。

「那天是『天長節』，丁先生安排警衛人員都去觀禮。」我說了一句。丁先生已死，保護手足，我職責所在。

「她拿著什麼東西？」

他說她提著網兜。裡面有一只大盒子。

「大盒子？有多大？」

鮑天嘯雙手比劃，想一想，手又更分開些。

「有點像是點心盒子。」

「什麼點心？那麼大盒子？」

「當時覺得是點心。現在想想，也許不是——」

「為什麼現在又覺得不是？」

十一

林少佐離開時，憲兵問他要不要把鮑天嘯關起來。林少佐呵斥：混蛋，鮑先生是主動來向皇軍提供情報的良民，為什麼關起來？

事實上也不需要關起來。此刻這幢公寓，本身就是個監獄，比監獄更壞。在這裡，飢餓不僅是懲罰，比懲罰更陰險。

我相信林少佐把搜查沒收的食物仍舊放在公寓裡，是一個詭計。謀略，日本人喜歡這樣說。撒一把米給一群餓壞的雞，不用多久，你就會看到一地雞毛。他真是看準我了。

鮑先生，你回去休息一下。晚上我們請你來吃飯，就在這裡，他朝另一扇門揮揮手。那是與衛生間正對的房門。左右兩扇門，他向左揮手，鮑天嘯進煉獄，向右，據說有美味佳餚等候他。如同一臺詭異布景，讓人幾乎要懷疑門後到底有沒有他所聲稱的東西。如果打開門只見到破裂的牆壁，我一點也不會吃驚。橫七豎八的板條，灰塵，蜘蛛網，就像任何一座劇場的後臺，就像任何一個爆炸現場應該有的樣子。

我不能休息，筆錄必須翻譯成日語。這件事情讓我覺得又滑稽又危險：要把林少佐審訊時講的中國話翻譯成日語，再交還給林少佐本人看。

只要我願意，也可以樂在其中。從審訊紀錄中目睹一個神祕女人漸漸成型，越來越生動具體。我看到鮑天嘯轉換風格，到後來竟開始炫耀技巧，遣詞造句。

鮑天嘯多次提到那個女人善於變化。剛開始他詞句儉省，泛泛提到利用衣飾，女人很容易改變形象。有一次他突然使用一個比喻，說就像一種蘭花，在炎熱潮濕的天氣裡，你一轉頭她就盛開。我懷疑這比喻來自某本小說，可用在這裡並不合適。他意在形容起初覺得那女人二十歲剛出頭，但轉頭看她背影，又似乎是一個三十多歲的女人。我認為無論如何，從含苞待放到開花，時間可不止樓梯上擦身而過那十幾秒鐘。

「不，她看起來不像舞女，就算高級舞女也能一下讓人認出來。她們一看就知道。」

「眉毛沒有修過，不是那種拔得很細的眉毛。舞女才會那樣，如果你是一個舞女，即使你不喜歡那樣，也不得不把眉毛拔成那樣，不然別人怎麼知道你是舞女呢？」

「當然，我不能說她是好人家的婦女。她拿眼睛看人的時候膽子很大。」

「交際花？絕對不是那種類型。我甚至覺得她有點土氣，鼻頭上汗津津，額頭上也是。好像剛剛出過很大氣力。第一眼看到她時候，我覺得她像是剛剛從內地跑來上海。火車站輪船碼頭上剛剛下來。如果她換一身傭人衣服，你不會覺得奇怪，不會覺得不合適。」

所以他沒有起疑心，一個女人獨自來到公寓，拎著一只形狀古怪的大盒子。再說，他為什麼要生疑呢，在一切都沒有發生之前？

林少佐沒有讓這個說法輕輕滑過去：「但是現在你覺得確實很可疑，一個女人提著一個形狀古怪的大盒子。能不能再說說盒子形狀？為什麼現在會讓你覺得可疑？」

盒子很高，不是那種扁扁的點心盒子。她拎盒子很小心，上樓梯舉著手，要不然網兜垂到地上，盒子會撞到樓梯臺階。那動作很吃力，很奇怪——現在想想很奇怪。

我在記錄時盡量按照原樣，不太恰當的斷句，為表示猶豫或者強調而刻意重複，富有意味的語氣。這給翻譯帶來很大麻煩，我的辦法是做一些標記，比如加個括弧，寫幾句注腳，諸如「看起來他不是十分確定」、「他略微提高聲音」之類。

當天審訊快結束時，林少佐忽然提到，既然公寓有值班門房，那個老——老錢（我提示道），他為什麼沒有看到這個女人呢？在調查紀錄中，老錢告訴我們那天下午，沒有看到閒雜人等進入公寓大樓。鮑先生，你下樓時有沒有注意到這個老錢在做什麼？如果知情不報，這個老錢就很可疑了。

老錢可能沒看到。他從來都是坐在躺椅上，聽無線電上來來回回那幾齣滑稽戲。我想鮑天嘯對此確實很有把握。這只無線電是英國房東回國前送給他的。除了睡覺，無線電永遠打開著。

十二

足供十人共食的巨大圓桌，並沒有疊盤架碗。鮑天嘯正在喝粥，就著兩碟揚州什錦醬菜，亮晃晃淋過麻油。通門廳另有一扇門，開著，憲兵站立門外。又有一名憲兵木愣愣豎在陽臺上，陽臺水泥欄上，有一道傷口般的裂縫。室內靜悄悄，只有鮑天嘯自顧自唏哩呼嚕。

我剛坐下，從門廳進來一人。竟是飯店跑堂打扮，到桌邊替我盛碗粥。然後縮肩垂手，不知如何開口。

我問：「你是誰？」

「小姓潘，潘十一，在虹口『富春居』跑堂，都叫我『揚州小辣子』。晚市剛開門，日本人就把我們抓來。一個我，一個我們廚房老郭師傅。」

我點點頭，喝粥。

一碗香粳米野鴨粥下肚，鮑天嘯好比抽完頭一只煙泡，立刻就換了一個人。

「馬先生，有這條情報，你看東洋人會不會解開封鎖？」

我朝他笑：「有啥要緊？你現在是為他們工作的人，你慢慢講，總歸一天三頓好吃好喝。」

他搖搖頭，長吁一口氣：「不要吃下去容易，到辰光吐出來難。」

潘十一端來兩盅清燉獅子頭，一盤雲腿蒸雞翅，另有一只團花湯碗，打開蓋子，是一碗蘿蔔絲氽鯽魚。

「為啥要你吐出來？」

「萬一他們覺得情報不值錢——」

「你以為你那個情報現在能值多少錢？也就是樓梯上見到一個女人。統共不過半分鐘，來來回回讓你講，整整一個下午。你就算講出花來了，就能值這些——」

我點點筷子。他低下頭想心事。

「從前有句話，叫做一字入公門，九牛拔不轉。後悔藥沒啥好吃，這一步出來，以後怎麼樣，就全看你自己。整個一幢公寓，整整一個禮拜，所有人都在餓肚子。你今晚在這裡吃吃喝喝，樓上樓下多少人看著你。沒有什麼退路好想。」

「我想幫幫大家。」

「落水做漢奸的人，都是和你一樣想法。連汪先生也這麼想，一句為別人為大家，好像就能安心，騙騙自己而已。」

「我這樣就算當漢奸了？」

我朝他舉舉酒杯。

「我聽說，從前你跟愚園路巡捕房有來往。」

他把一截翅尖整個放進嘴裡，只見兩頰一陣鼓動，不知他怎麼弄的，很快退出雞骨，吐在桌上，乾乾淨淨沒有一絲肉。

「陸新奎陸探長——是好朋友。」

上海有這一路人，說起來也算書生，為人行事卻近乎白相人。耍光棍說大話樣樣都會。此人不過窮極無聊，搭識幾個未入門的包打聽，頂多也就是一兩個華捕，一起吃吃飯喝喝茶。道聽塗說添油加醋，就當情報賣給人家。捕房中人吃過喝過，認他這一號酒肉朋友，有時候也傳些跟案子有關的消息給他，他又轉手賣給報社。就這個他就敢告訴人他跟陸新奎是好朋友。

鮑天嘯差點做癟三，就是他被洋行辭退那時候。全靠這些滑頭生意，漸漸開始給報社本埠消息欄寫點短稿。混熟以後又轉寫小說，一口氣總算回過來。

「陸探長說你有時送點消息給他。那是——民國二十三年？」

「原來陸探長是你朋友。」鮑天嘯面不改色，「如果這次能從日本人手裡脫身，一定要請馬先生、陸探長一道吃頓飯。」

丁先生看人用人另有一套功夫，自詡如同作詩用俗字，善於化腐朽為神奇。我把陸新奎說的情況告訴他，他更有興趣了。

陸新奎告訴我，那是個賣假消息的滑頭貨，初聽聽覺得很值錢，回回味道又想不出有啥用場。我問他是不是拼拼湊湊，編兩支故事賣賣野人頭？陸新奎說是這個意思。但一樣是瞎七搭八，找鮑天嘯總還好點。捕房那些包打聽，到半天三點鐘，從菸榻抽屜隨便找個紙片塗幾筆交差。各種紙頭奇出怪樣，也有飯店功能表背面，也有香菸殼子，三行五行字倒有十多二十個錯字，句子也是不通居多。我們要交差，外國人坐在辦公室等彙報。大家都在等，從巡捕到分區華探長到翻譯。鮑天嘯送來東西，大家很省心。完整，來龍去脈清清爽爽，畫出眉毛鼻子。我們樂得挑挑他發財。碰到有懸賞，比如大戶人家失竊綁架案子，就分兩鈿讓他摸摸。有時候也送給他一兩句閒話，他拿到報館去，就是獨家消息。

我告訴丁先生：「我聽陸探長說，鮑天嘯這個人精於吃喝。飯桌上有這麼個人，平添很多樂趣。不過此人說話真真假假，事情從他嘴裡出來，不大靠得住。」

十三

我從頭到尾讀鮑天嘯的小說，是在爆炸案發生兩三個月後。我那時總算脫清干係，有時間坐下來好好研究一下鮑天嘯這個人。

那是一疊剪報，放在一個硬紙盒裡。盒上原本貼著標籤，讓我給撕掉了。這疊剪報是林少佐讓人整理的，它本應歸檔在爆炸案相關卷宗內，但現在落到我手上。

《海上繁花》三日一刊。最初不過登些花邊消息，有人看到某個電影女明星出現在哪個私人俱樂部，或者聽到某某舞廳舞女化妝間一段對話。間或也有些女畫家，女攝影家，女游泳家，飯店女老闆。後來諸如此類的報紙越來越多，這份報紙風格一變，開始專門報導社會新聞，尤其是刑事案件，當然一定要有女主角，它才會讓人感興趣。

鮑天嘯就在這期間開始給《海上繁花》寫東西。那時他剛被卜內門公司辭退。他弄出來的案件報導，連對話都活靈活現，好像他就在現場一般。而且別有一種春秋筆法，事主往往有苦講不出。比方有一樁舞女告小開強姦案，本來法院因顧忌事主隱私和社會倫理，不許記者旁聽。鮑天嘯不知從哪兒隱約聽來傳聞，說這位小開十分古怪，喜歡「進後門」。在當日報導中，他一開頭就落筆說：某某出庭時舉步維艱，顯然在忍受極大痛苦。這純屬子虛烏有，因為他根本進不了法庭。

後來他就索性寫小說了。

這部小說最初混在一大堆剪報裡。是林少佐發現它，把它從速朽的低級趣味中挽救出來，讓它變得不同凡響。

我初次見到王茵，是在畫錦客棧陽臺上。一說到這讀者便會奇怪：隨便什麼房子，走到陽臺上必先進門，通過門廳，客廳，或者還有睡房，然後才能站到陽臺上。你說在陽臺上看到她，難道她沒有在你睡房裡盤桓過麼？不要急，讓我慢慢講給你們聽。陽臺是陽臺，但我在這邊陽臺上，她卻在對面。上海租界這種弄堂房子，鱗次櫛比，一幢幢擠在一起。窗簾布不可缺少，要不然大姑娘在這邊窗下梳頭，說不定就讓對面窗口小癟三看去袖底叢叢春光。所以你站在陽臺上伸伸手，說不定就能摸到對面人家陽臺圍欄。從前租界裡鬧革命黨，在陽臺上跳過去跳過來，不知讓它救過多少命。閒話不提。

那天下午我跟她各自占據的陽臺，不像前面說得那麼靠近。大約革命黨都有身手，勉強跳得過去，我辦不到。即便如此，對面一陣香飄過來，氣息竟如吹頰。我不由得抬頭看，果然見到一位妙齡女郎。

這是夏日午後，下半天這個鐘點，弄堂裡廂靜悄悄。尋常人家婦女都在睡午覺。有一等職業婦女，這時間也都在寫字間裡打瞌睡，面孔上又是粉又是口紅，汗水一糊，統統揩在老闆要伊打字的公函上頭。我自己是有兩本書放在陽臺上曬，要不然啥人這個辰光跑到太陽底下去。

我看她彎腰低身，在圍欄後不知做啥。只見她手臂連抖，聽得噗落噗落幾聲，等她仰身舉起雙臂，才曉得她在晾衣裳。她穿一件白底碎花小褂，短袖剛剛沒住肩膀，雪雪白一雙手臂，曝日下著實讓人憐惜。袖底一抹陰影，真個讓人神往！

我盯著她發愣，只見她抬著頭，瞇著眼，肩膀向後仰去，把一件短褂繃得緊覆覆，貼在身上，衣裳下襬險險乎吊在細腰上。腰下花褲與上衣同色，只覺曲線玲瓏。讓人一味想要往下看，往下看，卻再也看不見。我這才發現，自己木知木覺，早已站到一只腳凳上。

等你多看幾部他的小說，你會發現女主角首度進入鮑天嘯視野，總是以這種方式，在這種傾斜視角下。也許他習慣於從上往下或者從下往上看女人。

鮑天嘯完全不像能寫這種小說的人。他本是洋場少年那路人。他又懂洋文，到卜內門公司做職員，不是只會說幾句不三不四外國話就可以。搜查房間時，發現他有整整一櫥外國小說。有翻譯成中文的，也有英文原版。他有一套福爾摩斯破案集，齊齊碼在書櫥中間。有一部英文小說，名字叫Raid Over England，作者是Norman Leslie。硬封下夾著一片紙，是剪報。他特地連報頭日期都一同剪下，大約是方便備查。那是「北華捷報」一欄書訊，我略懂英文，知道那是一部間諜小說。大概是鮑天嘯從報紙上看到書訊，到書店去訂購來。他甚至有一部 Frederic Bartlett 的 Remembering，從前胡適之先生在演講中提到過它。那一場演講，我恰逢其會，對這書很感興趣，所以至今記得。雖然我實際上沒有讀過。一部心理學名著，關於記憶。

我的意思是說，他很該寫點「葡萄般紫色眼睛」、「南美洲月色中鼓聲」之類的東西。但他一派市井俗豔。這些報紙本就是給販夫走卒看的，可見他完全是見人說人話見鬼說鬼話的作風。

雖然文字傖俗，但鮑天嘯很懂得故事節奏。顯然他知道厭倦會突如其來，讀者不再追問女主角的下落，就此罷手，再也不想回頭。所以他適時拋出新的懸念，或者給予出人意料的答案。甚至來點奇技淫巧，有些事情他真懂得不少。

小說裡與書錦客棧相對的那個陽臺，讀者後來發現它屬於一家高級妓院，書寓。此等所在這幾年已日益稀少，因為舞廳門檻更低，一親芳澤只消兩塊錢舞票。而攜鉅資進門，欲一窺堂奧，舞女們也別有銷掉你一整座金山銀山的辦法。

但鮑天嘯很快就告訴讀者，這故事發生在很久以前。其時軍閥混戰。其中一支僥倖獲勝，進而占據上海。租界忽然就變成一座孤島。我想林少佐當時就能看明白，這是不折不扣的影射。淞滬作戰攻占上海以後，日軍報導部屢屢威脅租界當局，必須查禁所有反日文藝作品。工部局不敢得罪日本人，命巡捕房政治部一概取締。這一來各種暗示影射指桑罵槐借題發揮的電影戲劇乃至小說，只要能漏網而出，就必能讓觀眾讀者口耳相傳，大賣特賣，變成了一門好生意。

亂世中一位妙齡女郎，現身在妓院中，於午後晾洗衣服，看氣質（那一絲隔著陽臺都能聞見的體香），卻又不像普通傭人娘姨。若說她如某種北里侍女，以配葉自居，同樣色身待客，那這一等婦人，實在要比小姐本人更加放得開。這位女郎論體態相貌，無一不像是一位「清倌人」。這一切不免讓讀者心生疑惑：這究竟是誰？

鮑天嘯不忙揭示謎底。他讓她瞻之在前，忽焉在後。因為對於小說中那個「我」，所謂伊人絕不能像一碗清水，一看到底。

女郎不僅行蹤神奇，尤加身分打扮千變萬化。在電影院看見，背影倒像個女學生。到國際飯店（這裡要插一句，既然是很久以前，為什麼有國際飯店？），驚鴻一瞥間卻又宛如美豔貴婦。在報紙上連載到第七天，女郎突然就消失得無影無蹤。而且女郎失蹤前一天晚上，書寓中發生命案。被殺者是一名副官。最最奇怪，明明她嫌疑最大，卻根本沒有人在意她失蹤。甚至沒有人提到她，就好像這個女郎根本就不存在。就好像那純粹是男主人公的幻覺。或者，就像是所有人的記憶都被重新排列，刪掉了關於這名女郎的一切印記。

當然，讀者都很放心，她肯定會回到男主人公身邊。下一天報紙上——

——她再次現身，已是幾個月後。那時節兵燹再起。又一路軍閥打進上海。前一位大帥宣布下野，躲進租界。督軍府虛位以待，單等後一位大駕光臨。在這要來沒來時節，租界內外一片混亂。大家都說這後一位比前一位更狠，更強盜。說不定就打進租界，連孤島都一頓吃掉。

膽小的就要逃難。尤其我這種寄寓客棧的人，更是沒有理由不走。但其時十六鋪碼頭上想要個艙位，直是癡人說夢。我一路尋找，在蘇州河小火輪碼頭上覓到一個煙篷席。各位看官，若以我這種身分，平素是再也不能坐這種拖船。但離亂時節，說不得那許多。

我買到船票，提起布兜就要上船。啥人想得到，竟在靠近棧橋邊一塊人頭較少的空地上見到熟人。

「包先生，儂哪能也來坐這種船？」聲音婉轉低回。比周璇要酥一點，比白光要軟一點，比王人美黎莉莉——那簡直沒法比。

抬頭看去，我只覺心下大震，腦袋嗡一聲，整個人頓時像做夢一般。我有兩個驚，第一驚，竟然是她！竟然是對面書寓那位失蹤數月的神祕女郎！第二驚，居然她曉得我姓包？

我定定神，摸摸我那一天沒碰水的油灰面孔，對她說：「妳竟知道我姓包。」千言萬語，都包含在這個竟字裡。

她微微一笑，說：「許你到處盯著人家看，倒不許我曉得你姓啥？」

原來她知道。原來她都知道。

我沒有再問下去，沒有問她為什麼突然失蹤，也沒有提起那件離奇命案。原來在我內心深處，根本不相信她與那件命案有關。她也沒有允許我問，當她挽上我的手臂，所有疑慮都煙消雲散。

可當我們一同走過棧橋，一絲懷疑又湧上心頭。在棧橋這頭，一群士兵設起一道關卡。他們是前一位大帥的人，但後一位大帥沒到，市里就剩他們這一支隊伍。他們有權設置關卡，有權檢查行旅客商。我又想到那起命案，想到那位被殺副官，大概正是這些士兵們的長官？我看看身邊人，忽然想：她會不會想讓我替她做掩護？

這大概就是寫小說的樂趣所在？喜歡一個女人，隨時隨地就可以讓她挽住自己的手臂。久而久之，作家們就會覺得世界上所有的女人，都可以隨隨便便吊膀子。

我也不懂鮑天嘯為什麼要把這段故事安排在煙篷船上。那是一種掛在小火輪後面的木拖船。有時候——尤其是小說中描寫的那種戰亂時節，一艘小火輪要拖上七八條煙篷船。客人坐在拖船煙篷座上，是無法站起來走路的。因為所謂煙篷，是在船艙頂上再加一道布篷，人只能鑽進鑽出。但包先生顯然其樂融融。直到坐下來，他才有工夫向我們形容此刻那位女郎的裝束容貌。她扮回一個傭人娘姨。可即便在布衣底下，美麗而惱人的身體氣息仍在誘惑包先生。再說我也不明白，為什麼一個普通鄉下娘姨打扮的女人，可以跟個男人挽著手臂走路？但這是他的小說，其他讀者不管，我也不必追究。

這時候，包先生已得知這位女郎姓王，單名一個茵字。他們倆在船上有說有笑，渾然不顧這是在逃難。女人竟然帶著一籃子路菜，上船前可是誰也沒看到。但這解決了作者的難題，因為鮑天嘯，絕不會允許一男一女兩情相悅時，只能吃包先生帶的那幾只冷燒餅。

船開行了，兩岸星月初起，茅棚漸稀。次第見到幾處倉場，堆著煤和木材，一隻裝運豬鬃的木船停靠河岸，行過時飄來陣陣臭味。煙篷船轉了個彎，朝西南方向拐入另一河汊，船家連番叫喚。

開飯了，船家煮了白飯，竟是太湖香粳大米。懷中倒是有幾只芝麻燒餅，這個時候我卻又不好意思拿出來了，不想她一側身，倒從身後提出個斑竹食盒。揭蓋一看——

只見一碗熏魚、一碗醬鴨、一碗四喜烤麩、一碗八寶辣醬，另有一碗濃油赤醬，燉的卻是圓滾滾白馥馥不知何物。

「包先生，迭只菜儂阿敢試試看？鄉下頭叫伊氣鼓魚。」

啊呀呀，原來這一味鼎鼎大名，從前叫做「西施乳」，學名說出來，嚇你一大跳，河豚魚是也。有毒，劇毒。吃得不巧，要一命嗚呼翹辮子格呀，這一著，莫不是要看看我的膽量？

我壯著膽子，用筷尖夾了一小塊，送進嘴裡。容我說一句，竟是平生未見之美味。其實呢，這東西卻也沒有那麼嚇人，江東人家，常有把它洗淨曝曬，做成魚乾。食時又復將其泡發，燉肉燉菜蔬，極其腴厚。想不到急驚驚逃難路上，竟能嘗到如斯佳餚。

包先生漸漸開始想，這位女郎，王茵，她一定有一個不凡身世。因為無論她剛剛在開心地說著什麼，包先生稍稍一打聽，貴鄉貴籍啦，令尊令堂啦，妳一定念過書啦，她一定沉下臉。不一定是生氣，可至少是矜持起來。

那天深夜，在一彎新月下，包先生和王小姐（無論如何應該叫她小姐）就在煙篷下沉沉睡去。但不久，包先生卻內急起來——

月色中忽聽她說：「包先生，你睡不著？」

此情此景此等良人，我卻遭遇這份尷尬。只得翻個身，夾緊兩腿，裝作繼續睡。她忽然笑起來，在煙篷裡一點點月光下，她笑得像一朵白色夜來香。（真受不了他，笑怎麼能笑成夜來香？）

「是要小解吧？你從我身上爬過去吧。」（真是個知情識趣可人兒。）

我從她身上爬過去。我小心翼翼，她卻縮成一團，說怕癢。（哈哈哈！）

我鑽出煙篷，已是十月，一陣寒風吹來。我打個激靈。水深船蕩，我卻站不住，船舷旁搖搖欲墜，只得掉頭而去。

「怎麼樣？」

「站不住，要掉河裡的。」

「不小便，要得尿梗病啊。」她大聲叫起來。（鮑天嘯筆法越來越放誕不羈。）

她想出一個辦法，解下自己一根藕色湖縐紗褲帶。替包先生縛在腰上，讓他站到船舷。她在身後緊緊拽住。就這樣，包先生一江春水向東去也。

十四

爆炸後第七天。上午十點，林少佐站在審訊室窗後，望著對面房頂天臺。

在他的縱容下，觀眾越來越起勁，幾個人站在用三腳架固定的箱式照相機周圍。剩下的坐在公用水箱蓋上抽菸，間或舉手擋著太陽光，盡心盡責地觀察著爆炸事件的最新動態。

要不要派人驅散？我建議道。租界報紙已開始將注意力轉向甜蜜公寓。爆炸事件通常只會出現在本埠新聞欄目，但封鎖，尤其是斷絕食物供應，更容易造成一種持久的動人效果。更何況東京使節團此刻正在南京。為慶賀汪政府成立，東京派來大批重要人物。使團由阿部信行大將率領，貴族院議長松平賴壽和眾議院議長小山松壽赫然在列，團員中甚至包括菊池寬，他是個作家。

林少佐推開窗，有人在對面興奮地叫起來，顯然有所克制，壓低了聲音。不，沒有必要，他把雙手撐在窗臺上，斷然拒絕了這個建議。

他叫來憲兵，讓他們在公寓外面的街道上再次宣讀封鎖公告。沒過多久裝甲車上的高音喇叭就發出嘶啞的吼叫聲。

林少佐坐回審訊桌，敲敲卷宗，叉起手臂，說：「為什麼一個中國人會主動來向我們提供情報呢？」

我不方便回答這個問題。身為漢奸，常常會遭遇這種質疑。

「憲兵隊告訴我，早上有兩個女人在吵架？」

「楊太太跟門房老錢說話，提到蔣先生。蔣太太認為楊太太在罵蔣先生。」

「為什麼？」他很有興趣。

「可能是蔣太太聽錯了，她把老蔣聽成老甲魚。」

「這是為什麼？」

他沒有認真聽我關於方言語音的解釋，他仍在疑惑，間或翻閱一下筆錄。憲兵開門時，帶來一陣濃烈油煙味。因為前些天夜裡有人從窗外偷偷向公寓扔食物，憲兵隊不允許在公寓任何位置私自開窗，各種氣味便在樓道中歷久不散。

「公寓中仍有大量食物，」林少佐笑著說，「皇軍的封鎖和搜查看起來沒什麼效果。」

「馬先生，」他忽然說，「與鮑天嘯住在一起那個人叫什麼名字？」

「何福保。英商卜內門洋行職員。從前與鮑天嘯同事。都是單身，又是同鄉，所以住到一起。」

「那麼他可能對他十分瞭解，是好朋友吧？」

「鮑天嘯向何福保借錢。有時欠錢不還，何福保把這些事情告訴鄰居，大家都覺得，他們關係不是很好。」

「鮑天嘯很窮麼？」

「他喜歡吃。上海有名的飯館，跑堂廚師都認得他。昨天晚上富春居那兩個廚師就跟他很熟。這個人既不賭又不嫖，錢都花在吃上頭。」

「我們來看看這個何福保有什麼說法，你覺得如何？」

何福保驚魂未定。憲兵剛把他從衛生間拖出來，放到椅子上。

「何先生，請你告訴我，鮑天嘯先生為什麼突然來找皇軍？」林少佐站在何福保面前，低頭瞪著他。

「我真不知道——」

連人帶椅子，何福保被踢到牆角。兩名憲兵把他拖進衛生間。趴在瓷磚地上，兩雙手抓著他的頭髮和脖子，往地上搓。一個憲兵用膝蓋頂在他腰上，他的腳踝也被一雙靴子踩著，腳背繃直幾乎貼著地面。憲兵把那雙手臂向前推，現在他變得像隻被抓住翅膀的蜻蜓，在地上掙扎，但掙扎毫無用處，只會讓他臉頰和鼻子更快磨爛。

他的手臂現在跟肩膀已成九十度直角。一名憲兵抓住他雙手，從背後繼續向前推。何福保叫不出聲音，喉嚨咔咔有聲，好像有什麼東西梗在那裡。窒息狀態保持了大約二十秒鐘，手臂突然回到直角，慘叫聲再次響起，好像一隻音量開關被某個頑童胡亂玩耍。

憲兵來回推動手臂，大約有七、八次。角度越來越大，停頓時間也越來越長。

林少佐點點頭。憲兵把何福保拖回審訊室。

「他欠了人家東西。」何福保說。

「什麼東西？」

「糧食。」

「說下去。」

「他收了人家錢。答應幫人家買糧食。」

「他買到沒有？」

「一開始有。後來沒有了。東西很貴。但沒有辦法，每一家都拿錢給他。所有人都追著他要東西。有人說，要把他交給你們。」

「他從哪裡買糧食？」

我站在桌邊，彎著腰在記錄紙上疾書，我心情激動，必須讓自己手上有點事情做。

「我不知道，他對誰都不說。他把錢拿去，幾個小時後，他會送來一點米和油，和其他東西。」

「你和他住在一個房間呢，他有辦法弄到糧食，你不好奇麼？你沒有提出給他幫點小忙呢？有時候他需要一點掩護呢，那樣你也可以賺點錢，還能弄到食物。生意何不一起做呢？這可是一門好生意，如今西貢大米每擔價格五十塊錢，是不是又漲價了？」他轉過頭問我。

「他那些貨賣多少錢？」

「我不知道。我不敢——」

憲兵把鮑天嘯帶進來之前，林少佐大有所悟，對我說：「所以他就來找我們。報告罪犯線索。希望轉移我們視線，把追捕重心轉向公寓外面。這是沒辦法的辦法，但總比什麼都不幹好一些。對不對？」

「另外，他替皇軍辦事，別人就沒有辦法追著他要債。」我說。

「鮑先生，昨晚休息得好麼？」

鮑天嘯遲疑地點頭，又看我。這傢伙，難道想讓我當著林少佐的面給他一點暗示麼？我冷冷看著他。

「很好。審訊工作壓力很大，我希望你能休息好。」

「我能不能抽根香菸？」

林少佐點點頭，我把香菸和火柴遞給鮑天嘯。

林少佐打開窗，風從外頭吹進來，觀眾站在對面屋頂天臺上，隔那麼遠看，審訊室就像個普普通通的辦公室，也許是個編輯部，臨近午休在聊天。鮑天嘯攏著手劃火柴，幾次才點著。

「你們剛剛找過何福保。」

他像是在自言自語。

「你想不想知道他告訴我們什麼？」

鮑天嘯低著頭，看著地板，好像那裡有答案，好像那裡有個洞，洞裡有個舞臺提詞人。

「他什麼都不知道，他是局外人——」

鮑天嘯低聲嘟噥著，好像這些話本是他內心爭辯，卻不自覺說出聲來。

林少佐忽然大笑起來，興高采烈地說：「那麼他是什麼局——外人？」

「不是這個意思。」

鮑天嘯看看林少佐，又低下頭，慌亂地看著地板。那個提詞人可能在打盹，也可能故意在戲弄他。這下鮑天嘯覺得自己糟了。觀眾冷冰冰望著他，等他繼續說下去，繼續出醜。

「鮑先生，你自己跑來告訴我們，你有刺客情報。你懷疑某個女人是罪犯，我們把你當成好市民，一個可以講理的人。我們立即替你安排餐食。當我們得知鮑先生口味精緻，是個美食家，就馬上提高供應標準，把你當成貴客。此時此刻我卻不得不產生某種疑慮，覺得鮑先生會不會在戲弄我們。出於某種動機，鮑先生會不會在欺騙我們。」

傳說林少佐在學生時代熱中戲劇表演，至今仍常常不顧危險，便衣進入租界，到蘭心劇場看戲。

「鮑先生，一年以前，我負責駐滬日軍報導部工作。有一個記者自己跑來敲敲門，說他願意為我們做點事情。我們調查以後發現，此人在上海名聲很壞。有人告訴我們，這個記者喜歡打聽別人陰私，道聽塗說，添油加醋，有時甚至胡編亂造敷衍成篇，然後寄給當事人，要脅當事人出錢買下稿子，不然就予以公開發表。當事人為免難堪，也因為要錢不多，往往付錢了事。我們聽後付之一笑，對他給予充分信任，認為大東亞共同體和平事業即使對那種人也要敞開大門。我們給他一大筆錢，讓他在租界內辦報，協助皇軍，呼籲和平，維持秩序。日軍報導部讓他全權負責報紙出版發行，只要求他每天早上把新印報紙派人送到虹口報導部備案。誰知此人劣性不改，拿著報導部給他的大筆資金，在租界內辦報，大肆刊登反日宣傳言論，侮辱天皇，攻擊皇軍。究其原因，不過是因為此類報導罔顧事實，矇騙市民，卻反而很有銷路。另一面呢，他卻另行編排版面，東拼西湊，抄抄同盟通訊社電稿，做一份假報紙，只印刷十幾份，送到報導部應付檢查。他以為此事盤算精細，密不透風。誰知道一個人做壞事，總有暴露那一天。」

此事是日軍報導部醜聞，一向諱莫如深，外人如鮑天嘯，怎麼可能聽說。

若曉得這個故事，或發表到租界報紙，或送給重慶，日本人都要大丟臉面。即使在漢奸圈子裡，這些也都是機密情報，值錢得很，足可拿它換個一年半載舞票，甚至以此結交重慶，想不到林少佐興致所至，為了某種戲劇效果，信口將它加入臺詞中。

「那天虹口公園有人扔炸彈，蘇州河各橋北一律關閉。假報紙送不過來。報導部派人專門過橋，到租界購買報紙。騙局全盤暴露，報導部上下同事全體震怒。鮑先生，你知道後來這個傢伙怎麼樣？

「我們把他交給憲兵隊。憲兵隊讓『黃道會』到租界把他抓回來。就在新亞飯店房間裡，用榔頭把他全身上下每根骨頭全部敲碎。然後把頭砍下來，放在衛生間浴缸內，用淋浴龍頭沖洗，浸泡一夜。第二天早上，把那隻泡發得像豬頭的腦袋掛到租界電線杆上。我們警告租界巡捕房，這隻豬頭必須掛滿三天。」

林少佐從鮑天嘯口袋裡掏出香菸，倒出一支遞給他，用火柴幫他點上。又去打開門。

「鮑先生，報導部同事們都認為這個傢伙欺騙皇軍，不可容忍，必須嚴懲。我與他們看法略有不同，我認為對此人加以懲罰，是因為他毫無意義地說謊。我本人讚賞富有想像力地說假話。它們通常比實話實說更有用。」

林少佐離開有菸味的房間。這個凸向街道的舞臺上只剩下鮑天嘯和我。有人在對面樓頂觀望，有人在街上回收酒瓶，三輪車在不平的地面上猛跳，板條箱裡瓶子咣啷啷撞擊。鮑天嘯一驚，搖搖欲墜的一截菸灰終於掉到地板上。

「鮑先生，你既是開了一個好頭，又是給自己出了一個難題。事到如今只有講下去。一個完整故事，就算再爛也能值點錢。」

我提醒他。我認為在他那種情形下，這種話差不多就算幫了大忙。我至今都這麼想。也敢大聲告訴任何人，在審訊中我沒有說過為難鮑天嘯的話。實際上，我多多少少幫過他，這一點他自己很清楚。認真說起來，後來在審訊快要結束時，他那種做法，可以說是間接為我擔保作證。

十五

「鮑先生，你一定有什麼東西沒有告訴我們。」林少佐回到審訊室，翻開筆錄卷宗，仔細讀起來。

提詞人終於睡醒了。鮑天嘯抬起頭。

「我覺得好像從前見過她。」

「見過誰？」

「那個女人。」

林少佐繼續看著審訊紀錄，一陣風吹進來，頁角在他的手指下扇動。

「說下去。」林少佐掏出手槍，退出彈匣，拿它當鎮紙壓在頁角上。

鮑天嘯仍在猶豫。艱難地尋找詞句，幾乎想收回說過的話，就好像那個女人是他心底最大的祕密，而不是什麼陌生女刺客。就好像現在是故事本身的完整性在逼迫他揭露某種令人羞於開口的隱私。就好像一個作家終於技窮，不得不把自己的醜聞當作別人的笑話講出來，擔心最後會被讀者發現這一點。

「我沒有認出來。在二樓樓梯間遇到她，她去三樓，我往下。我忽然覺得在哪見過她。如果不是那麼一轉身就錯過，如果能多看幾秒鐘，我當時就能想起來。」

「那你是什麼時候想到的？」

「爆炸以後。」

「爆炸以後全想起來了？」

「我也不敢肯定。樓梯上一個照面她就轉身——上次見到她，地方很暗，在跳舞場。她坐另外一只檯子，三個男人，三個女人。距離遠，他們那個檯子在角落裡。只有自己帶著舞女的客人才會坐那種位子。大家去那種野雞舞場，有時候會自己帶著舞女，從其他舞場。這裡開門晚一點，可以跳通宵，租界裡跳舞場，巡捕房規定十二點要關門。很多客人都是從別的舞場把舞女領過來。願意到這來的沒什麼高級舞女。」

「哪個舞場？」

「憶定盤路。有一家九久俱樂部。」

「時間？」

林少佐終於從審訊紀錄中抬起頭，向後仰靠在椅子上，抱著手臂。

「兩個月前。如果從爆炸時候算起，有一個半月。」

「過去那麼久。又是在舞場，燈光又很暗，她坐在角落位子，你竟然能記住她的臉。時隔一個多月，在樓梯間與她擦身而過，你一下就認出她來。」

「不是一下子，爆炸以後——她跟別人不一樣。」

「怎麼不一樣？」

「她一進舞場就讓人覺得不一樣。不像個普通舞女。不像這裡駐場的那些。」

「我懂了，你是說她看起來很高級。」

「如果不是在跳舞場——她看起來一點都不像舞女。」

「所以她相當引人注目。尤其在那種下等場所。」

「並不特別讓人注意，她們坐在角落。可能覺得那裡安靜。舞場有表演，有人喜歡看那些，就坐中間。」

「啊——嗯，我懂了，脫衣舞。魔都。令人著迷的地方。我有一個朋友，他一定會喜歡你這個故事。戰前我回日本讀陸軍大學，常去東京神田北神保町中華書店看書。在那裡交了幾個朋友。有一位武田君，回想起來讓人感慨啊。

「他也是個小說家，雖然他還沒有發表作品。他會喜歡你說的那些事情。他也是為上海著迷的人呢。我有時候會對他說：泰淳，你說得不對。中國不是你想像中那個樣子。他也是一個放浪形骸的大才子啊，跟你一樣。我喜歡他。

一喝醉他就大哭。一個美食主義者，春日夜晚坐在隅田川岸邊賞櫻，一定要到大多福吃一碗關東煮。用日高昆布，鰹魚煮湯——鮑先生，改天我要請你吃一頓和食。」

林少佐從不顧及別人能不能跟得上他的表演節奏，他的鄉愁戛然而止：「但是，鮑先生，就算你見過她兩次，也不能因此指認她就是刺客吧？」

「可她就是刺客，」鮑天嘯也有別開生面的腳本臺詞，「她在舞場裡開槍殺人了。」

「開槍？在舞場開槍？你看見她在舞場開槍殺人？」就算天才演員有時也找不到恰當方法。

「夜裡十二點，表演開始。座席燈光暗下來，只有舞池亮著。有些女人偷偷離開，對人說去化妝間。這不奇怪，有哪個女人會喜歡一群女人脫光衣服在面前跳舞呢？她就在門口開槍，槍聲一響，舞場裡就亂了，誰也不知道誰在哪。」

林少佐轉頭看著我：「那段時間有沒有人在憶定盤路被槍殺？」

「滬西常有槍擊案件。那段時間在鮑先生說的那個舞廳，沒有恐怖活動報告。沒有我們的人遇刺。」

「特工總部沒有案件紀錄，難道租界巡捕房也沒有？」

「滬西發生案件，巡捕房很少有紀錄。」

「看起來滬西治安工作必須加強。」

十六

我不相信林少佐會放過買賣食物的人。他越是不提，事情就越危險。何福保交代了參與交易的人員名單，他自己寫，兩名憲兵看著他。臨近中午，林少佐突然對憲兵們吼叫起來，咒罵他們，說他們在上海過得太舒服，鼻子被女人褲襠裡的味道熏壞。他決定把他們統統送到南洋去，也許到熱帶雨林裡，他們的鼻子會更靈敏些。

林少佐離開前，命令集合憲兵小隊，再次搜查公寓，沒收一切可以吃下肚子的東西。但是，沒有抓人，沒有拷打，也沒有當場槍斃。

我陪鮑天嘯吃午飯。桌上放著幾盤炒菜，廚師是廣東順德人。憲兵搜查後，公寓內靜悄悄。老錢的無線電忽然打開，聲音沿著樓梯井喜氣洋洋地上升，在寂靜中迴響，聽不清唱詞，聽得出是陸嘯梧的滑稽因果調。

豆苗炒鴿子只剩下湯汁，另一味炒水魚，也變成兩堆雜骨。青花蓋碗揭開，炒牛奶現在可以吃了。

「大良炒牛奶，要用水牛奶。」一面對美食，鮑天嘯言簡意賅。是水牛奶。我告訴他廚師是從隔壁汪主席臨時官邸請來，他真的養了一頭順德水牛。就在官邸後花園，幾株梅花樹背後。水牛從重慶追隨汪先生到昆明，又從昆明跟到河內，最後還上了梅機關包租的北光丸號，和汪主席喜歡的日本大米一起運到上海。說到那些大米，北光丸從大牟田出發時沒有準備充足。船剛開到一半米箱就見底了。汪主席討厭西貢大米，說它有一股油膩膩的味道，船只好停靠基隆，讓空軍重新運來一批。你剛剛吃到的也是這種大米，出自九州最上等的稻田。

「原來汪主席也是吃客。」

「既不好女人，也不好骨董，酒也喝得不多。只有吃，汪夫人不反對。」

他撥弄著炒牛奶，把那些配料平均送入嘴中，確保每一口都能同時吃到鴨絲、蝦肉、火腿、欖仁。他大口大口吃著，他吃東西時有一種自然而然的效率，吃得又快又多，卻沒有多餘的動作，殼呀骨呀也都整整齊齊堆了一小堆。是長期專注於此而學會的技巧。

「說實話吧，到底有沒有那個女人？」

我懇切地問他，聽起來不免有點裝腔作勢。

「我曉得，丁魯的東西是你給的。」

他想都不想就回答我。隨即又往嘴裡送了一匙，眼神茫然，好像剛剛他說的話一點都不重要，完全無意識，其效果僅僅相當於打了一個飽嗝。

我盯著他看。那會兒我動了殺機，雖然我其實也不敢真殺了他。林少佐要殺誰，不殺不行，林少佐不允許殺誰，殺了也不行。再說，雖然身在特工總部，我向來不管殺人那種事情。可是那一刻我充滿了對他的憎厭，饕餮之徒我看來十分可恥。在天潼路大橋大廈日本憲兵隊監獄，如果有人胃口太好，犯人們會合夥捉弄他。

「我不會說的。」他自顧自表態。

我可能會讓丁魯動手，然後把丁魯幹掉。像寫小說那樣，我在頭腦中設計了一些場景，丁魯衝進房間，開槍打死鮑天嘯，然後趁丁魯不注意，我又開槍打死他。就用他打死鮑天嘯的槍。這很容易。他開槍以後，就會答應把槍交給我，那種時候他一定會全心全意依靠我，要靠我幫他在林少佐那解釋。那樣，槍就跑到我手上了。但是，槍呢？爆炸後，憲兵沒收了槍支。

他搖搖頭，不再說話，似乎又開始走神。

我故作姿態地點香菸，乾淨俐落地吐出三個煙圈，責怪他：「你瘋了吧？自己找上門尋死。你不是想毀掉自己吧？現在又想拖人墊背，可這一套也行不通。」

他長出一口氣，笑了起來。誰也說不清為什麼，忽然之間，某種可以意識到的和解氣氛出現了。也許是因為剛剛享用過一頓美味佳餚，或者是因為在他的笑眼中隱隱有一絲無奈。又或者，在這種情況下，是兩個落水的人同時向對方求助。

「那個女人的故事，不是你編造的吧？」

他陷入思考，欲言又止。突然他氣憤地說：「這樣有用麼？他們放下一顆炸彈，爆炸了，炸死一兩個漢奸。自己跑掉了，別人卻要受罪。」

「從他們的角度看，淪陷了就要反抗，如果你照舊吃喝玩樂，你就是『商女不知亡國恨』。如果公司被日本人占據，你還繼續上班，那麼你就可能是漢奸。如果你不去大後方，那麼你可能是準備當漢奸。」

我想為自己辯護麼？無論如何，這些理由也不適合我。

我遞給他一支香菸，他抽幾口，忽然哭起來。然後他給我講了有關那個女人的故事。幾個星期以後我讀了他那部小說，所有這些他講的東西漸漸連成一個整體，讓人感覺在那背後可能存在著一個更加真實動人的故事。可即使到那時候，他的故事仍舊像一個謎團，只能依靠想像，為他繼續編造下去。

「兩個月前，肯定不到三個月。那天下午，我到報社編輯部送稿子。那時朝報社扔炸彈的事剛告一段落。樓道裡全是垃圾，一股怪味。有一段時間，編輯們把全家大小都帶到報社，住在那裡。巡捕房派人警衛，窗戶上釘著板條，感覺比較安全。其實這家報紙並不特別出格，偶爾轉發些通訊社報導，租界報紙，十之八九都有些抗日論調。不這樣做怎麼賣？

「一幢兩進石庫門房子，底樓是工廠間。編輯部在樓上。窗戶堵上之後，樓道特別暗。樓梯轉彎地方老有人絆倒。所以兩頭各有一只搪瓷盤，盤子裡放著幾截蠟燭和洋火。出出進進，好讓人家自己點燃蠟燭。到那頭熄滅，就又扔進盤子。我點燃蠟燭進樓道。剛轉彎，正打算上樓梯，樓梯上一團光噔噔下來。我抬頭一看，光圈裡那個女人，差點就讓我一腳踩空。燭光在她臉下面，樓道其實沒什麼風，她卻用另一隻手護著火焰。這下光全在她臉上。我盯著她看，傻了。直到她走到跟前，才想起來側身讓她擠過去。」

十七

這一次，女人出現在另一幢房子，另一處樓梯間。不知道為什麼，我相信了他這段活像《聊齋志異》的話，因為他剛剛哭了。沒有什麼東西比得上人的情感。他可能是繼續編造虛假故事，也可能真實發生過的事情，被他故意改頭換面，反倒像是某種幻覺。

「臨出門時候，我問老沈，那女人是誰。他忽然好像想起什麼，連忙拉著我。

「『來來，那是來報社拜訪的讀者。說起來，她是來找你的。特地要來向你表達傾慕。《孤島遺恨》讓她著迷了，一定要送你一條圍巾。』就不寫了。

「圍巾裝在盒子裡。沒有信，沒有聯繫方式。老沈自己也寫文章，不過早就不寫了。在報社編輯中，他對我一直很看重。編輯們誇作者，總是虛情假意，他們是那種天天在後臺看到角兒的。再說，我也算不上個角兒。但老沈從來不隨便說好話。連載《孤島遺恨》，漸漸紅起來，我們倆幾乎成了朋友。有時候他能說到點上，有時他對我說，你肯花時間研究器物之學，這一點很高明。你按這條路子往下寫，就該是中國福爾摩斯。」

我已習慣他那種說話方式。往往說到一半就丟下，又轉到別的東西上去。

「《孤島遺恨》到底講什麼呢？」我不常看小說。太太小姐們才喜歡讀這些東西，或者販夫走卒。我想它大概總不出兩情相悅悲歡離合那一套，哪怕這會兒故事發生在孤島上。

他謹慎地看著我：「一個烈女，為父報仇。仇人是軍閥。」

「孤島是說上海麼？租界？」

「純屬虛構。軍閥占領了城市。那不重要，那有什麼關係呢？《秋海棠》

發生在哪裡？」

「但孤島，誰都知道那是影射吧？」我說，當然那確實無關緊要，只不過是個標記，一種比較廉價的抗爭姿態，一種低微的反擊。不管怎樣，它能表明心跡。作者滿意，讀者也安心。一本書，一部小說好不好賣，那是最低限度的保證。

「那個女人又出現了。一次是偶然，兩次就很像命中註定。」他再一次跳開話題。這個神祕女人，就是往丁先生房間送炸彈的女刺客麼？我樂於傾聽。對我來說傾聽是一種生存之道，無論現在或是將來。

「可要是連著一星期，每天都看到碰到她呢？我會不會下意識故意選某一條路呢？我後來想，這其中一定是有人在故意吧？如果我沒有，那麼就是她。但當時沒人會那麼想。有那麼一兩回，我差點能跟她搭上話。不是那種在馬路上吊膀子。只要——『我見過你，在編輯部』這類話。應該不會讓小鳥受驚。總是在下定決心時突然就來了點意外。不小心肩膀撞到別人，抱歉，打招呼，賠小心。再回頭她已不見了。有一次很靠近，再往前一兩步就能說話，有人搶在前面。看來是熟人，好久不見。剛剛目光明明落到我身上，此刻卻冷冷掃過，美人麼，自有一種態度，如同見慣芸芸眾生。我只好悄悄離開。」

他慢慢展開。我耐心等待這個長度超出預期的故事。畢竟那裡真有個神祕女人。

「有一天下午，五、六點鐘樣子。那天不用交稿，所以可能是禮拜二，或者禮拜五。我不記日子，再重要也記不住。有人比較擅長。頭腦中很多標記，一格一格分得清。

「跑街送信的人來敲門。沒有落款，信尾有句話，讓人怦然心動，『夜裡冷，記得戴上那條圍巾』。照信上指點，我下樓走到憶定盤路，路口有一輛三輪車等著我。上車後，車夫一句話都不說，一路向西。到兆豐公園，讓我下車，換一輛汽車又向西。車窗拉著簾子，車子一動，前排遞來一副眼罩，讓我戴上它。電影裡嬌弱的婦人和報社夜班編輯用的那種東西。租界裡向來有種傳說，富貴人家姨太太在郊外冷僻地方做局，專邀浪蕩兒登徒子上門。其實，哪有這等好事。汽車停下來，讓我下車，不許把眼罩拿下來。雖然看不見，光線變化是能感覺到的，這時候天色已暗。腳底下曉得進了院門，上了樓梯，到了房間。」

「是那個女人？」我忍不住問他。

「實在讓人意外，房間燈火如畫，牆壁髹了白漆，更襯得一室雪亮。滿滿一桌酒席，只有她一人素衣坐在席間。她請我入座。說：『來日艱巨，請盡一日之歡。』說得鄭重其事，讓人不安。

「『妳要我幫你做什麼？』在那種情形下，這個問題完全是自動冒出來。

「『你不是幫我，是幫你自己。沒有人能置身事外。』

「『到底是什麼？』

「她目光灼灼望著我：『如果是讓你去殺人呢？』

「我控制不住臉上的肌肉，沒法讓它們準確表達意思。我想要做出震驚的表情，卻像是打了個哈欠。她被我那副樣子逗得笑起來。那天晚上，我懵懵懂懂讓人運到此地，又糊裡糊塗與她連喝數杯。一時天旋地轉起來。」

這故事實在有點像白日夢，說的話也稀奇古怪，但他臉頰上有淚痕。

「後來呢？」

「第二天，她約我到兆豐公園散步，到惠爾康喝咖啡，在草地上吃炸雞。第三天，看電影，在小有天吃奶油魚唇、葛粉包，喝杏仁湯。不記得說過什麼特別重要的話，又好像每句話都特別重要。突然之間歲月靜好，就像一齣戲被人偷偷調換劇本。我卻已沉迷其中。幻想一本接一本寫出動人小說，與報社講價錢，連電影公司老闆都追著請我喝酒。賺很多錢，管它山河破碎，躲在戲中，永不落幕。一起散步，一起看電影，一起點菜單。我們吃遍各處角落，陶樂春四川抄手，雅敘園合菜煎餅就油飽肚，到鄭家木橋喝肉骨頭稀飯，吃油條，泰晤士報社三樓生煎饅頭，菜根香辣醬飯。」

「她沒再提起讓你殺人？」很奇怪，整個故事只有這個細節顯得真實可靠，讓人放心。在這幢封鎖大樓內，世界好像已顛倒過來。

鮑天嘯說，如果街上每天都在殺人，用槍，用炸彈，用刺刀斧頭，另外一些人在街上餓死凍死，你不會奇怪有人用殺人來打比方，「你說你喜歡我，那你願意為我去殺人麼？」他覺得那僅僅是某種戲劇性的說話方式，某種比喻，女人們就會那樣。

「我的心意再清楚不過。她告訴我身世，聽說她父親幾年前遭人陷害，被殺。母親也隨後自殺，那麼悲慘，我竟然內心竊喜。」

我搖搖頭，這種事情總是當局者迷。

「這麼一說，我就理解了她那些奇怪做法。她素來大方，有時卻突然扭捏。僻靜無人地方，我一旦有所表示，她雖不堅拒，卻總是心不在焉。就好像背後有別人看著她。她會突然轉到另一條街上，座位面對門，她才覺得安心。她說最大的心願是有一天能為父母報仇。她一直追蹤仇人，隱名埋姓，甚至到仇人家做女傭。突然有一天，她從報紙上看到《孤島遺恨》。從沒有一部小說讓她那麼著迷，女主角跟她一樣啊，她說。讀得心慌，那不是在寫我麼？那麼多祕密，最大的祕密，復仇，放在心底，從未對別人說過。讀著讀著，她不時會產生幻覺：是不是每部小說的主人公都有一個真身躲在世界哪個角落？她說。」

哪有這種巧事，如果不是鮑天嘯在騙我，就是那個女人在騙他。夕陽照在對面房頂上，不知從哪兒傳來小孩哭聲。林少佐很快就會回來，但我想知道故事後來怎樣。

「後來呢？」

「後來——」他神情有點恍惚，「她其實一點都不明白，《孤島遺恨》的作者不是鮑天嘯。鮑天嘯庸俗貪吃，是個無賴，他哪有什麼膽色氣概。每天中午吃飽喝足，躲進房間點上香菸，突然間他變成一個自大狂，他在紙上宣洩勇氣。」

他有點激動，使勁抽著香菸，火星在漸暗的房間裡閃爍，這是入夜前最安靜的一段時光，再過幾小時，音樂聲會在街道上響起，賭場舞廳就要開門迎客。

「我被你弄糊塗了，你說《孤島遺恨》的作者不是你？」

「每天下午我躲進房間，假扮成個作家，讓他學著慷慨激昂說話，讓他學著悲天憫人，讓他學著殺人放火。最後在交稿時，偷偷署上自己名字，鮑天嘯。有時候連自己都有錯覺，以為當真有另一個我，別看我表面上輕薄浮滑，膽小如鼠，只知滿足口腹之欲，內心躲著一個英雄。」

我明白他在說什麼。但世事都在一念之間，一秒鐘你覺得自己是英雄，這秒鐘你就成了英雄。

「有一天突然我膽大包天，突然覺得什麼事情都可以為她做。她說，如今那已不再是私仇。剛剛得到消息，那個仇人出賣國家，正打算投靠日本人。漢奸，人人得而誅之——」

我對他苦笑。誰說不是呢？

「你能為她做什麼呢？你是會開槍呢會放火呢？她想找寫小說的作家幫忙殺人，這事聽起來實在古怪。」

他真的有一種天賦，當他把一件事說得越來越離奇，越來越不可思議，你卻越來越想聽他繼續說，越來越覺得那其中另有玄機。

十八

鮑天嘯望著遠處牆角那只熱水瓶，忽然停頓下來，心思重重。大樓被封鎖，老虎灶不能再往公寓送熱水。

「重新泡一杯茶吧？那水涼了，放了一個多星期。」

我到隔壁301取了一瓶熱水。給他換了茶葉，倒完水，小心地把水瓶放到門外。

「這房間沒人燒開水麼？」

「你忘了麼？這是審訊室。」我笑著提醒他，「犯人發起瘋來，一瓶開水就是一顆炸彈。」

除此之外，審訊室內不能放有利器，沉重鈍物也不能有。犯人很危險，他們充滿敵意，隨時可能爆發。但此刻，鮑天嘯和我像兩個老朋友一樣說著話。

「如果她是故事女主角，我可以幫她完成心願，在小說中，鮑天嘯可以無所不能。設計無數種刺殺方案，每一種都神出鬼沒，防不勝防。她喜歡用槍？鮑天嘯曉得所有槍支廠牌，想改裝，沒有問題。彈頭要不要加強？或者加點毒藥？鮑天嘯有十幾種配方。氰化鉀不行，彈頭燃燒起來，氰化鉀很快就揮發。也可以用刀？無聲無息。鮑天嘯甚至會建議你用鋼筆，用茶杯碎片，用一根針。人身上有些部位，用一根十釐米長針一戳致命。可以用汽車撞，瓦斯爐，鋼琴弦，兩根筷子，一塊土豆。」

「炸彈呢？」

「炸彈也沒有問題。卜內門洋行有個圖書館。那兒有全上海，不，全亞洲最多的化學工業研究專著，最新的期刊，公司分析部門還到處搜集大學論文。」

「對了，卜內門洋行，你在那兒做過幾年。」

「在小說裡，讓刺客懷揣著炸彈扔出去是一種老套方法。業餘，結局往往很悲慘。常常發生意外。最要緊是如何引爆。在卜內門圖書館，每個月都能找到更新的引爆方法。」

「你懂那麼多，光寫小說真是太可惜了。」我想我其實沒有嘲諷他的意思。這確實是一個英雄輩出的時代，每一分鐘你都可以做出決定。

「她也這麼說——」不全是巧合，某種角度來看，我其實也是在激勵他，下一分鐘他就有可能閉口，一個字都不再說。

「你們天天見面？」他抬起頭，我又問，「那段時間你們天天在一起？」

「後來她把我領到靜安別墅。原來她也有一個家，這讓人安心。那條弄堂住著很多洋人妓女，一到晚上就烏七八糟。半夜從天井裡傳出各種呻吟慘叫，像住著一弄堂野貓。」

「你在她那兒過夜？」

這兩年國之將傾，男女大防又比以前鬆懈許多。報紙本埠消息天天有各種孤男寡女風俗案件。見面一兩次就解襦相見共赴陽臺之事不足為奇。

「我們不是你想的那樣。」

「我想不出來。」我的玩笑有點不合時宜。

「她說男人心裡有一團火，男人肚子裡有一股氣。那種事情一做，火就會熄滅，氣也會洩盡。只要能成功，她什麼都能答應我，但現在不行。」

「成功做什麼？什麼事情做成功？」

「我答應幫她報仇，幫她殺掉仇敵。」

「果然色膽包天。」我呵呵笑起來。

「她總是在最後一分鐘突然變得莊重，讓人動彈不得。如果那天我看起來不太起勁，興致消沉，她倒特別親昵，靠近我。」

「後來呢？」

「終於有一天。『我』變成『我們』。我們知道你有勇氣，但刺殺巨奸大憝，總要志在必得。我們要試試你。看你有沒有膽量，看你有沒有殺氣。」

他停頓片刻，看著菸灰掉落到地板上，喉嚨不斷嚥動著，好像回到那天傍晚，仍在拚命壓制恐懼，召喚那遙不可及的勇氣。

「她沒有送我下樓。天熱，整整一下午，她的薄褂和碎花地綢褲讓我給團皺得不成樣子。扣子掉了一只，褲腳縫又扯破，不像平時，她沒有生氣。我感覺異樣。弄口停一輛汽車，沒人招呼，事先說好，看清牌照就上車。」

「牌照號你記得麼？」

「2666。沒什麼用，我後來到工部局查過，這個牌照從來就沒發過。把我拉到戈登路古琴軒，下車上樓入席。」

「是家川菜館子吧？」

「這幾年上海作興吃川菜，中央在重慶，吃川菜，等於和中央同甘共苦。川辣上火，要去殺人了，吃川菜比較合適。一想到馬上要去殺人，心就往下沉。這頓飯吃得食不知味，平生少有。滿腹心思，只吃了一碗燉牛鞭。烏漆托盤上一方一圓兩件。砂鍋有水槽密封，揭蓋分食，燉得如膠似凍。」

「不是說要去殺人？」我又一次提醒他。他有一種讓人無法捉摸的幽默，把殺人、豔遇和古怪食物攪在一起，沒頭沒腦。

「說還早。圍坐無話，都是悶頭吃喝。吃到九點鐘，有人突然起身。大家出門上車。又把我拉到開納路新新舞廳，他們是熟客，認得舞女。幾圈下來就到十一點鐘，捕房規定十二點鐘娛樂場所關門。又起身坐車向西去憶定盤路，尋到一家俱樂部。門口有兩個大漢，不像單單跳舞的地方。滬西歹土三不管，多有這類花樣。進門剛坐下，正好十二點。客人紛紛落座，夜裡到這鐘點，照例有表演。舞女穿著裙子，排成一行，手挽手踢腿，越踢越高。又來幾個跳肚皮舞。等這個結束，燈光齊暗。慢慢又有點亮光，不知什麼時候，舞池中站了個外國女人，一條裙子密密裹到腳踝。等音樂聲響，才發現那裙子就是十幾根綠綢。她跟著音樂轉圈，綢帶就一根根掉下去。全場只有一盞燈，她在光圈中轉。這時候有人塞一支槍到我手上，低聲對著我耳朵說：右手三號桌，兩個男人，先打胖子。快，她要轉五分鐘。暗地裡看見說話的人朝舞池中揚揚下巴。」

「你開槍了麼？」

他搖搖頭：「五分鐘長過半輩子。等到燈光刷一下再亮，表演結束，客人又開始跳舞。我轉頭看看，桌上那幫人不曉得什麼時候跑得一個不剩。」

「後來呢？」

「後來再也找不到她。平地消失。靜安別墅那裡，收拾得乾乾淨淨，家具上全是灰，像幾十年沒人住的地方。」

十九

下午的審訊，林少佐換了一種方式。他讓憲兵架起寫字板，用粉筆寫寫畫畫。藍色小人代表鮑天嘯，紅色是神祕女刺客。他像是在為一齣舞臺劇作準備，反覆調度小人的位置。

審訊室內，有一種詭異的合作氣氛。似乎雙方共同努力，正在設法完成一個聯合作品。審訊規則已被悄悄替換，如今故事技巧和想像力更重要，準確性退居其次。細節不斷在增加，但不是為了從中發現新事實，倒像是為了滿足林少佐的某種個人趣味。

她手背上有塊傷疤，陽光下很醒目。原先傷口一定切得很深，癒合後才會這樣。不，不像是槍傷，不是貫穿傷，鮑天嘯使用專業術語。沒有人覺得奇怪，他是作家。

哪隻手？右手。是右手，左手提著那只大盒子。鮑天嘯與她交錯而過，是從右側。但是，林少佐忽然想到，右手不是插在大衣口袋麼？

鮑天嘯想起來了，她在抽香菸。在樓梯轉角平臺上，在窗邊。放下盒子，脫下手套，點香菸。這下全想起來了，她還戴著手套。一副精緻的手套，鑲著好多珍珠。她扠著手臂站在窗前抽菸，手背上有一道傷疤。傷疤使得她顯得更加老練。

林少佐使勁撓著頭髮，再次回頭看畫板。他捏起拳頭，扠著手臂，靠坐在椅背上，又一下把拳頭砸到審訊桌上。

他從包裡取出一只檔案袋，又從袋裡抽出幾頁紙，遞給鮑天嘯。文件袋形制特別，我一下子就認出來。那種皮紙質地柔韌，是陸軍登戶研究所為自己特製的紙袋。傳說那是一種雙層紙，中間夾有細微膠囊顆粒，用力擠壓，膠囊破裂後會滲出強酸，腐蝕袋中一切絕密檔。丁先生主持特務工作，偶爾得到特許在日本祕密機關閱讀檔案，身為機要祕書，我見識過此類檔，密級很高，連丁先生都會覺得奇貨可居。因為這樣，我忽然替鮑天嘯擔心起來。

「陸軍研究所有幾位專家，他們來過了。他們拆了門鎖，收集了碎片，拍了大量照片，也畫了圖。來之前他們很有信心，他們是內行，知道重慶辦了個訓練營，英國人來教他們。他們瞭解那套東西，在城市裡發動巷戰、朝水箱裡下毒、用鐵絲撬開門鎖。可是他們開完會，到最後也沒弄清楚這顆炸彈究竟如何爆炸，刺客又是如何進入爆炸房間。」

他揪著下嘴唇，他沒有辦法了，現在他要向鮑天嘯請教。

沒有鑰匙怎麼進門呢？他告訴鮑天嘯，等不及鮑天嘯自己讀報告，他從對面伸手替鮑天嘯掀頁，用手指在紙上畫出來，讓鮑天嘯看。日本顧問提出建議後，丁先生換了房門。陸軍戰術研究所專門定做，鋼製保安門。在特工總部建造竣工前，那是必要防範措施。所以你看，鮑先生，關鍵是，這個女人她能用什麼辦法進入丁先生房間呢？

「她是事先進入丁先生房間放置炸彈？」

「鮑先生沒有聽說過這種辦法麼？」

「真是那種延遲引爆炸彈麼？」

「鮑先生對爆炸很有研究，真是一位優秀的作家。」

「沒有研究。」他吃驚地抬起頭，「不不，從前我給卜內門公司做事，為了熟悉業務，有時在圖書室讀點東西。」

「鮑先生果然厲害，涉獵廣泛。為了寫小說，什麼都要研究。那樣一來，鮑先生寫的故事一定能以假亂真，栩栩如生吧？」

鮑天嘯搖搖頭。

「專家們得出結論，那枚炸彈精心設計，延遲引爆。雖然時間控制器炸得粉碎，現場仍可以找到碎片。彈簧和銅絲，用迴紋針改製的鉤子，有幾片碎玻璃，很薄，肯定不是來自炸碎的窗子和酒杯。結論是醫用安瓿瓶，內壁燃燒後，有一些殘跡，實驗室報告說瓶子裡原先是電解溶液，氯化銅。」

再一次，鮑天嘯驚訝地抬起頭來。好像他無法確信面前這位日本特務機關的少佐，會將如此重要的祕密消息告訴他。

「現場勘查結論，加上你提供的線索。我相信爆炸當天下午你在樓梯上看見的那位神祕女人，很可能就是刺客。她事先進入丁先生房間，安裝好炸彈，然後離開現場。等丁先生開會回來後，啪——」林少佐舉起手臂，手腕翻轉，伸開五根手指，好像他大發善心，突然釋放他剛剛逮捕的一隻昆蟲。

「但她如何進入丁先生房間呢？」

鮑天嘯並不認為林少佐是在向他提問。他低著頭，繼續沉思著某個縈繞已久的難題，似乎只要再加一點點努力，他就可以完全領悟。

「打開門鎖——那會很難麼？」鮑天嘯提出質疑，想要推翻先前說好的前提。

林少佐驚駭地笑起來，好像他不可置信，難道鮑天嘯懷疑天皇御下的大日本特種工業製造技術麼？我替丁先生開過門，鑰匙要先向左轉三圈，再向右轉一圈，再向左轉一圈，門才會打開。丁先生說，鎖芯可以隨時重新設定，旋轉鑰匙可以有無數種組合。

林少佐覺得有點熱，凸室三面高窗吸收了太多午後陽光。他脫下陸軍黃呢制服，掛到椅背上。為抵擋這個季節常常會不期而至的寒冷北風，在軍用襯衫外面他加了一件毛線背心。那可能是一份禮物，情人或者妻子，希望他在占領區繁忙治安工作之餘，以此稍解鄉愁。

鮑天嘯妥協了。他不願意遭到輕視。

「那樣想確實太簡單了──」

「簡單，而且不合邏輯。」林少佐贊同鮑天嘯，提出了高標準：「準備了那麼精巧的一顆炸彈，卻沒有設計好進入房間的辦法。萬一心靈手巧的女開鎖專家臨時發現打不開門，那可怎麼辦呢？像個普通竊賊那樣，這扇門打不開，換一家試試？」

林少佐突然跳起身，快步來到鮑天嘯面前，抓住他肩膀，把他拉到門口，讓他親眼看看那套堅不可摧的安全門鎖。門鎖從上到下依次排列，像一排衣服扣子，林少佐必須蹲下身才能打開最下面那道鋼栓。

有沒有其他辦法呢？林少佐要求鮑天嘯提供新靈感。作為一位小說家，他不能僅僅向讀者提供事實，一個人能瞭解多少事實呢？林少佐無奈地翻開一疊審訊紀錄，讓它們一頁一頁落下來。想像力才是小說家最大的本錢。說到本錢，林少佐提醒鮑天嘯，如今那也是他唯一能拿出來做交易的東西。既然在那些祕密糧食交易中，他已輸得精光，那就必須好好利用如今他唯一擁有的知識。幫助皇軍也就是幫助他自己。林少佐說話聲音越來越低，這會兒他變成了在鮑天嘯身邊轉來轉去的壞朋友，一有機會就往鮑天嘯耳朵裡灌輸些有利可圖的觀念。他告訴鮑天嘯，皇軍之所以至今仍在容忍他那些膽大妄為的舉動，純粹是考慮到，他是率先主動來向皇軍提供刺客線索的良好市民。既然他已作出選擇，那就只有跟皇軍合作到底，抓住刺客。要不然，他豈不是兩頭不討好？

鮑天嘯呢，簡直一句都沒有聽到耳朵裡。他只顧著想他自己的心思，他正在聚集起所有想像力，以幫助女主角完成她那不可能完成的任務。他用右手指敲打膝蓋，好像那是一種節拍計時器，方便他在規定時間內找到答案。在他臉上，交替閃現著確定和猶疑，其陰晴不定如此明顯，反讓人覺得像是在演戲。

「也許她不需要自己進入房間，就能把炸彈送進去。」

林少佐輕聲說：「很有趣，說下去。」

「比方說，熱水瓶——」

林少佐調整了一下坐姿，讓自己更舒服些。

「熱水瓶？」

「馬路對面有家老虎灶，每天都會送來開水。因為最近，有一年多，煤氣老是斷。公寓住戶先是自己提著熱水瓶去買。後來有人提議，不如把生意包給老虎灶。大家省力，老虎灶也方便，可以調劑忙閒時間。要不然，一到傍晚老虎灶門口總是排隊。每戶人家都給熱水瓶做標記，用油漆在瓶殼寫上門牌號，放到每一層樓梯間。上午和下午，老虎灶會派人來取，把空熱水瓶帶回，灌滿送回原處。記到帳本上，按月結算。」

他把視線轉向林少佐，最後使用假設完成他為故事設計的最新情節。

「如果把炸彈放在熱水瓶內，任務就完成了。因為丁先生只要一回家，就會把熱水瓶拿回房間。」

不是丁先生自己，把熱水瓶送進房間的人是丁魯，或者小周，或者我。我下意識拿起杯子喝一口，證明危險並不存在。如果這杯茶暗伏殺機，生與死在此一舉。可是看起來不太可能。丁先生擔心有人下毒，把貼身衛士當作最後一道防線。

一般情形，是丁魯先從熱水瓶中倒一杯，讓狗先喝，或者自己喝下半杯。他對丁先生忠心耿耿。可是鮑天嘯未免太聰明了，讓人刮目相看，誰會想到在水瓶裡放炸彈呢？大家倒是特別防著下毒，甚至連汪主席廚房都有人想下毒。無論如何，鮑天嘯應該得滿分，雖然是被逼無奈，這份急智讓人驚訝。

鮑天嘯繼續解釋：「可以事先準備熱水瓶，竹殼水瓶很常見，看起來都差不多。如果用油漆寫上門牌號，沒人會發現熱水瓶被替換。」

「你是說——那個點心盒子？」少佐翻開前一天的筆錄，找到那段話，「嗯，原話是，她提著盒子，看起來像是一盒點心。」

二十

「芥川龍之介先生說，不可能寫出真實歷史，能寫得煞有其事，我就十分滿足了。我贊同芥川龍之介先生，也是一個懷疑論者呢。」

鮑天嘯離開後，林少佐對我說。我一直在琢磨他的意思。我也常常編幾個故事。中統也好，軍統也好，甚至蘇北方面，我跟他們偶爾在街上碰到，他們提出一些問題。在那種情況下，故事越花稍，對方就越起勁。

但故事編得再好，也抓不住刺客。

在審訊過程中，有一兩個片刻，我真的覺得林少佐被鮑天嘯說服了。像一頭聽話的狗，追逐著別人扔的毛球。興高采烈地搖尾巴。我相信他很快就會厭倦，不再扮演這麼一個喜劇人物。哪怕鮑天嘯隨身帶著魔術盒，變得出一千零一個驚人故事，林少佐絕不會讓自己扮演一個昏了頭的阿拉伯國王。他是一頭急不可耐的獵犬，他會撲上去把鮑天嘯撕成碎片。

林少佐站在門口，我忽然對他說：「我覺得鮑天嘯沒有說實話。」

「你有什麼想法？」

「我不懂少佐為什麼突然暫停審訊——」

「讓鮑天嘯休息一下。今天晚上，我要請他吃飯，日本料理。我可是專門請了海軍武官府大廚師，同盟通訊社的人告訴我，那是全上海最好的日本廚師。」

「我懷疑他沒有交代事實——」

「你覺得他對皇軍不老實？」

「我覺得，這些事情聽起來不像真的。」

他笑著說：「不要低估他們。千萬不要低估這些小說家。他們常常能想出讓人吃驚的主意。」

我站在門廳，目送林少佐坐上汽車。門房間無線電裡正在放送揚州五更調，大貓在吃粥，小貓在喝湯。如今黃色小調堂而皇之在電臺放送，照相館櫥窗掛著裸體照片，深夜舞廳公然讓舞女脫光衣服表演跳舞。汪先生在南京親自出席大東亞文藝工作者大會，提出振奮民族精神，清除文藝糟粕。可是，到處都在殺人放火，誰有空管這些事情呢？

我抬頭看看樓梯，轉身跨進門房。

「你這裡清靜，來抽根香菸。」我對老錢說。

「馬先生，你說日本人到底什麼打算？那麼多人，要關多久啊？」

「拉開場子，盤馬彎弓，總不可能草草收場吧。總得有個臺階讓人家下來。」我誠懇地說。

「再關下去要死人。刺客老早逃脫了，哪裡有臺階可以讓皇軍下呢？要麼拉幾個人出去槍斃算數。」

我笑笑，不跟他計較。這個下人讓英國人慣壞了。

「再忍忍吧，也許今天晚上就可以見分曉。」我透點口風給他。

「是鮑先生？不像啊？」他鬼鬼祟祟地打聽。

「你覺得不像？」我彈掉菸灰。

他忽然沉默。

「好好一個人，自投羅網。」我替鮑天嘯感慨：「我就猜不透這個人，自己跑去跟日本人說他認得刺客，到底是想充好漢是想當漢奸呢？」

「馬先生是說，鮑天嘯要幫日本人抓刺客？」他恍然大悟，卻讓人覺得有點裝假：「不是說，要找一個女人？」

「你聽誰說的？」

他支支吾吾，蔣先生提起過。

「我看他是想去騙騙日本人，不要弄巧成拙才好。什麼地方跑出來一個女人，當寫小說麼？你倒說說看，成天醉生夢死，他那樣子能有女人找上他？」

「馬先生倒不要小看鮑天嘯。」老錢嘻嘻地笑。

「是麼？」有誰會不感興趣呢？

「都說他是作家，客人倒不多。偶爾來個女客，難怪別人稀奇。第二次來就過夜呢，穿大衣拎皮包，那位太太很漂亮。」

「太太？」

「頭一回看上去像小姐。第二次——倒像太太。半當中[5]跑到樓梯間拎只熱水瓶。」

「那是啥辰光事情？」

「差不多兩個月前。」

一輛卡車停在門口，從車上卸下一堆用軍用油布包裹的器物，幾個日本兵往樓梯上抬。

「後來呢？你沒再見到她來？」

---

5 半當中，之間、期間的意思。

「你說那個女人？沒來過。沒看到。我也不能一天二十四小時，時時刻刻盯著大門。從前，晚上八點就關門了。日本人一來，夜市面越做越鬧忙，不是跳舞就是賭錢。從前規矩人家先生小姐，怎麼肯半夜歸家？我只好晚上坐在這裡，吃吃老酒，聽聽無線電。英國大班上船前給我訂過規矩，只要看好大門，房錢、工錢、水電煤，樓上蔣先生負責。」

大件器物搬上樓，憲兵們又開始往樓上運各色零碎。一疊描金烏漆扁木盒，鐵壺，草編籃裡裝著各種尺寸盤子碟子。

「那天也是晚上？」我問老錢，「是第二次，那女人第二次來也是在晚上？」

「晚上七點多鐘。十點鐘時候我上樓給蔣先生送一封信，看到她在樓梯口提熱水瓶。」

電臺裡揚州小調拖著尾音，充滿暗示。一把木柄薄刀掉落在樓梯上，叮叮噹噹順著梯階往下跳，憲兵捧著木製刀架，無奈地望著它。

「後來更熱鬧。十點多鐘，有個男人來到公寓大門外。穿一件灰色大衣，腰帶收得很緊，手裡抓著帽子。他跑進門廳看一圈，又退出去，站在馬路邊抽菸。」

我笑嘻嘻聽取老錢的最新情報，好像一名風化科巡捕。丁先生說過一句雋語：自從有了電影院，情報裡就多出許多穿風衣戴帽子的特工。當時他正在特工總部閱讀卷宗。

「我一下就猜到他是女人的屋裡廂人，她家先生。」他見我一時沒反應過來，又解釋說：「那個女人的丈夫。她剛上樓，他就進門，肯定是跟蹤她一路過來。」

「你是說捉姦？」

「我在這幢公寓看了七、八年大門，什麼樣人沒見過？男人面孔陰著，拿根自來火往他身上擦一擦，一定能點著。不是綠帽子先生，會是啥人？半夜三更，一下子跑進兩個陌生面孔，哪有那麼巧？你說對不對，對不對，馬先生？」

「那麼，捉到沒有？」

「本來以為有場好戲看。我沒開燈，門房間窗戶也關著。我一個人坐在那裡吃老酒，大廳透進來一點點亮光。不需要開燈，替東家省電。老東家在時是那樣，新東家麼——就算做人不漂亮，」他壓低聲音，朝樓上努努嘴，好像蔣存仁正躲在房頂上偷聽，「我呢，也替他打算盤。那樣一來，門廳好像大舞臺，燈開得明晃晃。馬先生你曉得麼？我每天都像看戲。我們那位二房東蔣老先生，一看到楊家新婦就口水答答滴，臨出門還要回頭，背後盯牢，看人家屁股一扭一扭上樓梯。」

「既然來捉姦，為什麼站在門口？」

「我也這麼說。沒膽。靠在電線杆上，心神不定，蕩來蕩去像隻遊魂。明明曉得自家老婆在樓上跟別人胡天野地，就是不敢上去敲門。」

「可能不知道敲哪一家門。」我提示他。

「不是男人。」老錢下結論，「說句老實話，連鮑先生算在裡頭，都弄不過那女人。」

「你又知道，自己倒是個老光棍。」我笑話他，順手又遞給他一根菸。

「我怎麼不曉得？」他眨眨眼睛，提出重要證據，「我看見鮑天嘯吃她一記耳光，就在大廳裡，就在我面前，那還有假？」

「你今天吃過幾杯老酒？講個故事東一榔頭西一棒頭，聽得雲裡霧裡。」

「你性子不要那麼急，馬先生，先吊吊你胃口。」老錢從抽屜摸出自來火，慢吞吞點菸。

「那男人等了一個多鐘頭。夜裡風大天冷，他躲在公寓門洞裡。幸虧半夜三更沒人進出，不然嚇一跳。女人總算下來了。一路奔下樓梯，皮鞋踩在馬賽克拼磚地上，像一匹小母馬。當年我在馬立斯新村替英國大班牽馬——」

「那只耳光呢？」

「鮑先生追下來。兩個男人一個站在門外，一個追到門口。只看到那女人掉轉頭，冷冷看著鮑先生。他陪著笑面孔，女人突然伸出手，啪一記耳光。臨出門，回頭說一句：『你這個懦夫！』北方口音呢，『你這個懦夫！』跟先前那男人摟著肩膀上了汽車。」

「對了，上車前那男人又進來，警告鮑先生不許把事情告訴別人。你說說，馬先生，這隻烏龜男人是不是死要面子？」

二十一

審訊室隔壁套間，已布置成日本餐室，讓人懷疑憲兵總部裡是不是有個道具間，專門用來滿足林少佐不時發作的舞臺狂想。兩面屏風隔出一間小室，一面四扇，四株茶花，一面六扇，合成一幅山水。

林少佐和服盤坐席上，令侍女給對面鮑天嘯倒酒。

「今天要請鮑先生嘗嘗日本的櫻鯛，」林少佐宣布，「用艦隊送來的呢。從瀨戶內海出發，到公平路碼頭要整整三天。幾分鐘前我剛剛看過，魚活著呢，魚鱗是金色的喲。」

我像個真正的日本人那樣唏噓驚叫，拖著長腔。我特地穿上最近從南京時髦起來的國民服，半像中山裝，半像日本士官學生服。

「那是如何辦到的呢？」

林少佐豎起一根食指，在半空中搖一搖，得意地說：「馬先生，你有沒有讀過一本法國小說，《基度山恩仇記》。啊，鮑先生一定讀過。」

他轉過頭，期待地望著鮑天嘯。他有點失望，因為鮑天嘯讓人難堪地沉默著，彎著腰坐在對面。他仍舊沒有學會林少佐那種坐姿，挺直腰，雙手握拳支撐在盤起的腿上。

「在小說中伯爵告訴客人，古羅馬人讓奴隸頭頂鯛魚，從港口運送到羅馬，魚送進廚房前還活著。這怎麼可能？這怎麼可能呢？伯爵自己呢，把魚連水裝進木桶，又放幾片水藻。用馬車把木桶運到巴黎。多麼富有想像力。小說家本人，他吃過這樣的魚麼？但是他有想像力，絕妙的方法。」

少佐拍手，命令憲兵打開一面屏風。屏風後不知何時架起料理檯，廚師從竹簍抓出一條魚，魚背一抹粉紅，魚鱗果然微閃金光。廚師從刀架上挑出一把，卻沒有破肚挖腸。他貼著魚鰓蓋骨用力劃一刀，翻過魚在另一面同樣位置也劃一刀，然後拿刀輕輕一剔，整個魚頭就從魚身上分開。

鯛魚斬首後，憲兵把屏風合上。廚師繼續清理內臟，剔除魚骨。林少佐端起酒杯一飲而盡。刀刃切入魚肉，發出古怪咻咻聲，每割下一兩片肉，廚師就用刀背敲一下砧板，即便獨自一個在屏風後，他也必須遵循某種古代食肉禮儀。

「一條大魚，」林少佐若有所思，「處理牠需要更多耐心。」

是暗示麼？林少佐可能查到什麼，他不打算告訴我。就像我不打算把我聽到的故事告訴他。如果公寓沒有封鎖，如果我可以自由出入，這些故事也許能派點用場。時不時有些老朋友會在街上偶然撞見我，我有義務告訴他們一些事，即使做漢奸，也需要多幾個朋友。

鯛魚切成薄片，鋪在碎冰上。林少佐笑容滿面，望著囚犯，那傢伙不斷把魚片塞進嘴裡。

「讓人覺得神祕莫測的作家們喲，」林少佐端著酒杯，感慨地說，「我的朋友，武田君告訴我，有時他在街上散步，突然會被陌生人吸引，面孔，或者一個動作，也許衣服上有一處汙跡。就在那短短一瞬間，爆炸——」

他伸出手，五根手指朝半空緩緩分開，毫無新意地又做了一次爆炸手勢：「頭腦中一次爆炸。一部小說誕生了，完全是想像力在起作用。就好像故事有個開關，引爆器，只要抬頭一看，人物命運就展現在小說家面前。他可能要去殺人，他也可能被殺，但除了小說家本人，誰都看不見後來將要在此人身上發生的一切。是這樣麼？真是這樣的麼？」

他喝掉杯中酒，看著鮑天嘯。

這個關於爆炸的比喻，讓鮑天嘯變得謹慎起來，臉頰停止鼓嚼，小聲地回應林少佐：「有時候是那樣。」

「看吧，有時候——」林少佐大叫一聲，轉過頭笑著對我說，「看吧，馬先生，這就是作家。他們不願意告訴我們。那是個祕密？對不對？那是個職業祕密呢。當然我們可以理解——」

「請喝酒，鮑先生，請喝掉你杯中的酒。再倒一杯。」他亢奮地舞動手臂，然後把手放回到桌上，下了一個結論，「你們擅長欺騙，對不對？小說家都是騙子。」

他又開始對我說話：「今天下午，我忽然想到，鮑先生是不是也在欺騙我們呢？他會不會有什麼祕密沒有告訴我們？他是不是像武田君說的那種小說家，把偶然見到的女人想像成故事女主角呢？那是多麼精采啊，讓爆破專家疑惑不解的難題，他如何猜得到？現場果然有熱水瓶膽呢，炸得粉碎，竹殼燒焦了，到處都是碎片。圍繞爆炸點，一圈又一圈。鮑先生僅靠想像就能觸摸事實，佩服之餘，我不免疑惑。」

「我像個認真讀者。為作品著迷，就去找書來看。想要瞭解小說作者奧祕的決心很大呢。」他舉起酒杯望著鮑天嘯，失望地發現鮑天嘯喝醉般垂著頭，他用嘴唇碰碰酒杯，又放下。

「不得不說有些失望。雖然充滿期待，最後卻發現一堆平庸之作。請不要見怪。我沒有輕視鮑先生才華的意思。那些報紙——」他這才想到東西就在旁邊，他伸手從身邊舖席上拿起一疊用硬紙板裝訂成冊的剪報：「都是給小市民看的。駐軍報導部稍一放鬆，他們就煽動仇日，鼓吹匹夫之勇。管制得緊一些，整天就刊登些通姦故事。於世道人心有何裨益？」

「在這種報紙上，怎麼能要求鮑先生寫出才華橫溢的作品呢？儘管如此，畢竟有一部小說讓人產生濃厚興趣。《孤島遺恨》——」

林少佐停下來，看看我，又看看鮑天嘯。發現沒有人讚美他的敏銳洞察力，也沒有人為此震驚。

「我們有沒有高估了他？這位小說家到底有沒有那麼高明？沒有，他沒有讓我們失望。鮑先生用《孤島遺恨》向我們證明，他不僅能憑空想像出一場爆炸，他甚至能提前兩個月預見作案過程。小說中女主角最後終於替父親報了仇。她使用一顆熱水瓶炸彈。換熱水瓶的辦法，鮑先生那時候就想出來了吧？」

我沒有聽懂他（怎麼能聽懂呢？我那時候還沒讀過這部小說呢）。但鮑天嘯聽懂了。與此同時，酒精在他身上開始起作用，即使日本酒，喝多了一樣會醉人。只見他遲鈍地睜大眼睛，雙手竭力撐著桌面，試圖固定忍不住晃動的身體。如果不是真的驚慌，那他表演得實在有些過度。

二十二

時至今日，仍有許多人疑惑不解，有人提出解釋，形形色色，相互矛盾。為什麼他自己找上門來惹上日本人呢？在他內心深處，有什麼不可告人的動機驅使他來當那麼一個告密者呢？有種說法是他要逃債，他被餓著肚子的債主們嚇壞了。善意一些的推測，則是他想用另一種辦法還債。欺騙林少佐，誘使日本憲兵解除封鎖。

可他為什麼要用早已發表在報紙上的小說情節來欺騙日本人呢？他瘋了麼？當然，在那種情況下誰不發瘋呢？所有人都餓瘋了。他可能覺得沒人會想得起來，去看一下幾個月前，一份舊報紙上的一段連載小說吧？誰會在意呢？連他自己都忘記從前寫過什麼，那些東西簡直一文不值。再說那是日本人。

緊接著別人就會說，他無論如何不該把那女人牽扯進來。不管她是不是刺客，都不應該。如果根本就沒有那個女人，那倒是另外一回事——可據門房老錢說，真有個女人跟鮑天嘯牽扯不清呢。難道他是情場失意，圖謀報復？不過這種想法，遭到一致反對。事到如今，誰也不會再那樣小看他了吧？

要我說，單靠事後這一點點道聽塗說就想判斷鮑天嘯，理解動機，當然不可能。回想起來，整個事件就像一場戲。封鎖把所有人關在一座舞臺上。飢餓和恐懼使他們迅速進入角色。鮑天嘯只是在完成似乎早就派給他的那個戲份。而劇情變化之快，常常讓他做出與他個性完全不相符合的舉動。

林少佐大概就是想得到如此效果。他好像覺得，在什麼地方有個舞臺機關，只要他按一下按鈕，布景就自動消失，換上另一臺。

憲兵把鮑天嘯架回審訊室前，先澆了他幾桶涼水，身上全濕透了，他在發抖。既然他看上去完全是一副醉醺醺樣子，活該他要多吃一點苦頭。

就是它，《孤島遺恨》。林少佐把那疊剪報遞給我，以便整理歸檔，最好挑幾個重要段落，翻譯成日語。

「你覺得那是一種巧合麼？」林少佐向躲在屋頂角落裡某個聽眾提問。一名憲兵拿著拖把進來，把鮑天嘯周圍地板擦乾。可他剛轉身離開，水又開始往下滴。林少佐耐心地等待著。盯著鮑天嘯，看他慢慢從醉酒狀態中恢復。

林少佐不時地抱起手臂，又放下它們。抱起時他撓頭、摸下巴、拍拍嘴唇把哈欠打出來，像是在牌桌上作弊。他的耐心快用完了。他把手臂放下來，用手指在牌桌上敲。憲兵心領神會，連忙用拖把吸乾鮑天嘯周圍地面。

水仍在滴，但變得零零星星。林少佐跑到我桌邊，抽出一根菸，塞到鮑天嘯嘴裡，給他點上。

「好吧，」林少佐站在擦乾的地上，對鮑天嘯說，「給我們一個合理解釋。為什麼小說發表兩個月後，手法完全相同的爆炸竟然會發生？為什麼爆炸恰恰發生在你家樓上？」

寫小說時，他並不總是憑空捏造，鮑天嘯解釋說，事實上，小說中爆炸地點，他是按照甜蜜公寓來設計的。假如刺客碰巧讀過小說，碰巧發現小說中場景根本就是甜蜜公寓，而他們的行動對象就住在甜蜜公寓。那麼借鑒就不足為奇。

他凍得發抖，難為想出這套說法。雖然可能連他自己也說服不了，要不然他為什麼會覺得喉嚨發乾呢？他嚥下吐沫，聲音很響，喉結驚恐地上下滾動。

給我一杯水吧，想喝水，他懇求著，儘管他身上全是水，仍然想喝水，因為酒喝得太多了。

林少佐面無表情地看著他，顯然在讓林少佐得到滿意答覆前，一滴水也不會給他。

「那個女人呢，說說女人吧？為了呼應你的小說，刺客們特地派了個女人呢。還特地找一個老熟人，有一次在舞廳裡，你看見她對人開槍呢。」

聲音漸漸增大，如同用旋鈕調試音量，如果要表示高興，到這裡就行。憤怒呢，要響亮一些，如果是憤怒，多轉一圈。

「有兩種假設。」林少佐終於找到合適嗓音，「不知道你喜歡哪一種。第一種，違抗禁令，買賣糧食。為逃避懲罰，你編造謊話欺騙皇軍。第二種，你直接參與策劃暗殺丁先生。也許正是由你主謀。我覺得無論哪一種，都夠得上槍斃。」

直到日後，當我有時間讀完《孤島遺恨》，終於弄清楚何以林少佐會認定鮑天嘯就是爆炸事件主謀。兩起暗殺，一起在小說裡，另一起幾天前真實發生。它們如出一轍。不單指那些隱喻，你們知道，孤島啦，背叛啦，報仇之類。事實上，所有細節無處不符，如果是兩部小說，簡直就是抄襲。誠然，小說寫得稍微簡單一點，有些地方不清晰。比如女刺客究竟是如何把熱水瓶炸彈送進房間的呢？小說沒有交代。嚴格說起來，有一點小小不同，小說中，女主角自己把熱水瓶送進房間，然後炸彈就爆炸了。女主角是與仇人同歸於盡啦？似乎小說也沒有交代。到最後，爆炸整整寫了一節，大段大段的形容詞和心理描寫，作者替女主角抒發了慷慨赴義那種強烈情感。

但是，在調查報告上，完全可以畫上個大大的「但是」——這麼一來，豈不是更加可疑？要知道，把熱水瓶放在樓梯口，讓它自己進房間。這種主意，若不是大樓內部居民，不可能想得到吧？

就算當時沒有讀過這部小說，我也能感覺得到。鮑天嘯越來越深陷其中，脫不清干係。而他自己，終於意識到這點，認命一般，他不再辯解。垂著頭，沉默不語。好像沉默倒也算得上是一條防線。

沒有戲劇性的情緒變化，沒有突如其來的暴怒。既然這樣，林少佐平淡地說，既然你不願意幫助皇軍，那就不配享受大日本皇軍提供的美味佳餚。他朝房間那頭陰暗角落招招手。

憲兵托著烏漆木盤，木盤裡有一只青色瓷罐。

「鮑先生，你欺騙了我。我很願意多交些朋友，尤其是像鮑先生這樣的朋友。櫻花開放季節的鯛魚是日本最好的食物，我們用來招待真朋友。可是，後來我們發現鮑先生是個騙子，這有違交朋友之道，這就不公平。」林少佐終於找到一個罪名，他認為恰如其分。對這樣一個罪犯，他首先必須討回公道——在槍斃他之前。

「你應該把吃下肚子的鯛魚還給我，還來得及。在牠們被你消化之前。有很多辦法。可以讓他們用拳頭打你肚子，或者用腳踢。聽說前些年在中國南方，一個縣城。有一位姜縣長，想出來一個好辦法，他用刀切開犯人肚子，把食物挖出來，用這個辦法討回公道。但我還有個更好的辦法。那是從中國人那裡學來的呢，唐朝。我的老師孝先後二先生總是喜歡說，日本人從唐朝人那裡學來很多東西，中國人早就忘記了那些東西，現在應該讓日本人來把它們傳授回去。」

他摸了摸那只古色古香的瓷罐，用手指敲敲蓋子，向驚慌失措、早已忘記裝醉的鮑天嘯解釋道：「是一罐蒼蠅。憲兵隊花了很大力氣從廁所糞堆上把牠們收集起來呢。你要吃下去，五秒鐘後，你會嘔吐。你剛剛吃了很多鯛魚，喝了很多酒，吐光需要一些時間，一分鐘，兩分鐘。那樣就公平了。」

鮑天嘯突然失控，跳起來撲向托盤，被迅速衝到他身後的憲兵們按住。門外又進來兩個日本兵，連同先前在室內的兩個，一起把鮑天嘯翻過身來，讓他仰面朝天。把他死死按在地上，沒過多久，鮑天嘯力氣耗盡，不再掙扎。憲兵們掰開他的嘴，用一根木勺，把成團蒼蠅屍體挖進他嘴裡。一個日本兵提來水瓶，朝他嘴裡灌水。灌下半瓶後，日本兵猛地將鮑天嘯提起，把鮑天嘯的頭按進木桶。

嘔吐聲從木桶深處傳來，我覺得喉嚨口湧起一股酸味。很快，房間裡充斥了一股腥臭味。林少佐起身打開窗，晚風涼得讓人發抖。

二十三

接近凌晨，林少佐越發亢奮。通向衛生間的門開著，鮑天嘯蜷縮在地上。相同過程不斷重複。拷打，崩潰，胡言亂語，負責拷打的憲兵已兩次換班。鮑天嘯呢，早已麻木了吧，疼痛有極限，過了線，就不覺得痛了。

他只是覺得渴。每一次開口，總是懇求給他一點水。嘔吐、驚恐、尖叫、呻吟，無休無止地拳打腳踢，永恆地暴露在強烈聚光燈下。他的身體不斷在失去水分。但林少佐仍舊不滿意。

有一度，鮑天嘯想認下欺騙罪名。但皇軍對騙子一點都不感興趣。我們認為，你說得很有道理，林少佐說，可是你沒有說出全部真相。說到違反軍事禁令，偷偷在公寓內交易糧食，林少佐對鮑天嘯說，那可是嚴重罪行。他讓憲兵把何福保帶上來。讓他站在鮑天嘯對面。

林少佐告訴鮑天嘯：「你們違反皇軍封鎖令，私自買賣違禁物資，何先生已交代。這件案子——」

他一邊說話一邊掏出手槍，朝何福保後腦勺開了一槍。

「——就這麼辦吧。」

話音剛落，何福保已倒在衛生間瓷磚地上。槍聲在公寓內引發輕微騷動，有人在睡夢中驚叫，很快就平息。觀眾呢？對面樓上那些觀眾呢？沒有觀眾，現在是深夜。

如果說先前鮑天嘯有某種幻想，覺得自己總可以退到某條底線，承認自己欺騙了他們。覺得這樣就能過關，那他現在也應該清醒認識到，沒有。根本就沒有底線。對於林少佐，殺人十分容易。而對於他，故事必須繼續往下講，直到它完整無缺。

可他被嚇壞了。沒有靈感，找不到合適語調。甚至連說一句整話[6]都覺得困難。他不能不說話，也不能說不，「不知道」或者「真不知道」，「不記得」，或者「實在想不起來」，這些話他都不能說。拒絕，哪怕僅僅包含那種意味，都有可能觸發林少佐頭腦中那支手槍扳機。他垂著頭，蜷縮在椅子上，像個罐頭被壓扁了，孤零零放在那兒，隨時可能被人當成靶子。他臉頰蠕動，喉嚨焦渴，發出含糊聲音：「讓我想想，讓我想想——」像是他覺得，如果不發出一點聲音，就代表拒絕回答，拒絕回答，那支手槍就會射出子彈。嗚咽聲連綿不絕，越來越低弱，又突然響起，那是因為林少佐突然用手指敲了敲桌子，鮑天嘯又驚到了。

他想喝水，他不敢面對林少佐，把頭轉向我。就好像在那種情況下，我竟有權站起身，替他倒杯水。在聚光燈後那片陰影中，林少佐毫無表情。

6 整話，即完整的話。

「喝水——」鮑天嘯再一次懇求我。

我站起身，不知那樣做，到底對不對？不知林少佐會不會在背後開槍，因為憐憫囚犯是不允許的。

「樓梯上有水。」他絕望地說。

你交代吧，我那語氣簡直是在懇求。昨夜這場戲，讓人心力交瘁，我這個觀眾也受盡折磨。

我回過頭，看看那片陰影。

「說出來吧，丁先生與你無冤無仇，你甚至求過他，為了找工作——」連我自己都想不通，為什麼忽然之間，我想要在觀眾席上站出來，說幾句臺詞，幫他轉圜。我疲憊不堪，內心受盡折磨。這齣戲他們都快演不下去了，可憐的傢伙快要踏上絕路了。

「也許他想為丁先生工作，就是想接近丁先生，找到下手機會。」林少佐從聚光燈背後冷冷地說。

鮑天嘯猛地抬頭，我以為他要喊叫，卻只看到他艱難地動動嘴唇。嘔吐的黏液乾了，變成一片片裂開的灰斑。

「說實話吧。全都說出來。」

林少佐突然站起來，對我說：「很好，馬先生，我把他暫時交給你，繼續審訊。」

凌晨時分，林少佐回憲兵隊休息。汽車引擎聲響起，我遞香菸給鮑天嘯，找來杯子，從牆角取來水瓶。

他看著熱水瓶，搖搖頭：「水涼了。」

真可笑，都這樣了，他還不能將就。

我把熱水瓶放回牆角，到隔壁取來熱水。

「有天晚上，老錢看到有女人進你房間。還有個男人站在樓外。」

他望著牆角的水瓶，注意力好像完全集中在那些數字上，根本沒聽我說話。

「女人打了你，一個耳光。」我提示他。

隔了一會，他說：「老錢看到了？」

想了一想，他又說：「那是另一回事。」

「我沒報告林少佐。你自己說吧。事情到了這地步，你要救自己。爆炸過去那麼久，刺客早跑了，說出來，不算傷天害理。」

「你再想想，寫完小說，有沒有人向你請教過爆炸那些事？」我婉轉地問他。

他長吁一口氣：「我自己把自己繞進死弄堂。何必害別人？」

「為一個女人，值得麼？」

我完全被他弄迷糊了。我認為他說的那些事情全都是子虛烏有，我不相信，同時卻又覺得是有那麼個女人。我看見他為那個女人落淚。不知出於什麼樣的心理，他跑來把她告訴日本人，因為怨恨？那個女人在點燃他的情感後，突然消失了。也許是想求證？就像掐一下大腿，證明自己不是在做白日夢？

「她突然消失了，她讓你幫她殺人。你不敢她就打你耳光，罵你懦夫。然後她消失了。你恨她，所以你跑來報告日本人。在你內心深處，甚至希望日本人找到她，因為你沒有辦法找到她。事到臨頭你心軟了，可這回你把自己繞進去了。」

我替他編了一個，聽起來毫無道理。

「他記錯了。」

「誰？」

「老錢。他記錯了。吵架，耳光，那是很久以前。」

我不信，老錢記性好著呢。昨天傍晚，就在鯛魚宴前半小時，那時林少佐還沒有回公寓，我正在房間換衣服。老錢領著蔣存仁跑到我那兒。兩個人一左一右，像是在說書。鮑天嘯那個女人，蔣先生也看見過。他們不是來告密的，他們根本不瞭解情況。他們是來告訴你，因為馬先生你地位高，曉得所有情況。這些事情讓你知道，你就能想出辦法來。撐不下去了，大家都撐不下去了。事情總要有個頭。

「你為什麼不告訴日本人？」

他忽然說。我看著他。為什麼要告訴他們，對我有什麼好處。漢奸也分好多種，有時候漢奸也不想害人。

他忽然笑了，笑得十分難看。

「現在，日本人知道不知道都沒關係了。你可以去說給他們聽，什麼事情我都可以扛下來。是不是為了一個女人，現在有什麼要緊？」

他疲憊不堪，毫無條理地說著這些沒頭沒腦的話。

二十四

「我可以說實話，」鮑天嘯對林少佐說，「我想吃東西。」

上午九點三十分，林少佐回到審訊室。陽光很好，他興致很高。街道對面天臺上，觀眾們堅守座席。他們相信好戲在後頭，林少佐已向大家預告了聳動結局。在昨天報紙上，林少佐告訴記者，他找到了線索，相信刺客很快就能抓到。

他愉快地對鮑天嘯說，要吃東西，可以。他隨時都可以滿足一個真誠合作者的任何要求。

鮑天嘯像變了個人，現在他變得很有把握。是好天氣帶來新靈感？他又有什麼新故事？

「美琪大戲院邊上有一家包子鋪。我想吃他們家肉包子。」

憲兵開車去買。包子很快就買回來了，冒著熱氣，裝在紙袋裡。林少佐撕下黏在包子上的牛皮紙碎片，把包子一只一只放在桌上。

鮑天嘯邊吞著肉包子，邊說：

「——這是一種黏土炸藥。可以任意切割，捏成各種形狀。卜內門化學公司產品目錄上有一種RDX，顧客說出恰當理由，他們就能幫你進口，少量。你可以說是學校化學實驗室要買。另外一個辦法，你可以購買氯酸鉀除草劑，按照配方自己來弄。爆炸威力可能小一點，其實也夠了。把炸藥和塑性黏膠混合到一起——」

「困難部分，是把炸彈送進房間。」吃完一只肉包子，鮑天嘯又想喝水。我到牆角取來熱水瓶，找到杯子。

「有一個簡單辦法，」鮑天嘯繼續說，「引爆，是一種化學反應。一個小安瓿瓶，一個鐵夾，一個彈簧。熱水瓶中的水倒去半瓶，鎖住彈簧的針鉤就會偏離原先位置，彈簧就會彈開，推動小針，刺破安瓿瓶中的隔層。很快，兩種液體就混合了。不是要增加壓力，是減輕一點，撞針就會釋放。當然要先試幾次，調整彈簧長度，看看倒掉多少水更合適。按照需要，倒掉半瓶也可以，必須等到整瓶全空才能爆炸，也行。唯一的缺點是，它不像觸發式裝置，即刻爆炸。會延遲，炸藥會在一兩分鐘後爆炸。」

他伸手要杯子，我打開熱水瓶蓋，他突然對我厲聲喝道：「滾開，你是什麼東西。」

他奪過水瓶，用杯子自斟自飲起來。林少佐微笑地望著他。只要鮑天嘯開口，他可以容忍。

「有一個小問題，３０３有兩個熱水瓶。都用油漆刷著門牌號。偶爾會發生整瓶熱水都沒使用，原封不動放在樓梯口，老虎灶上的人拿回去，重新灌上熱水。因此，要確保成功，必須把兩只熱水瓶全部裝上炸彈——」

鮑天嘯大笑起來，把熱水瓶稍稍舉高，死死盯著林少佐，衝向他。

一聲巨響，另外一只炸彈就在此刻爆炸。我撞到牆上。炸彈雖然小，但威力驚人。不知是不是因為那天凌晨，我對他表示了善意？或者，他也許想讓我幫他完成這部小說？

早上，林少佐回來前，他忽然對我說：「我讓你滾你就滾。」說完那句話，他就再也沒說別的，只等林少佐回來繼續下一輪審訊。我以為他是神智不清說胡話，直到爆炸前幾秒鐘，我一下子明白了這句話的含義。最後那一刻，可能林少佐也意識到了，可這時事情由不得他了。

二十五

第二次爆炸最終被認定為一起事故，犯人交代後，林少佐當即檢查物證，卻發生意外爆炸。林少佐當場斃命，熱水瓶爆炸時，幾乎貼到他臉上，審訊桌炸得粉碎，紙屑和碎布料與無法辨識出部位的肉塊黏在一起，幾分鐘後就乾結。

我被震暈了，因為迅速滾成一團縮到牆角，只受了一點輕微皮肉傷。十多天後傷癒出院，恰好躲開那場事後調查。

爆炸全程被人照了相，占滿當晚各家報紙版面，第二天更多。有一位站在對面樓頂天臺上的記者不知是不是被爆炸閃光嚇到，居然在爆炸瞬間同步按下快門，他拍到了玻璃窗粉碎四濺的畫面，整片玻璃鼓成弧面，像水花一般散裂。這幅照片後來被人傳到紐約，刊登在《時代》週刊上。很多年以後，我在一本攝影畫報上看到過一幅類似照片，懷疑可能就是它。但我不是內行，無法確定。何況從那以後這種高速攝影的照片也越來越多了，我總覺得那些可能都是學了它的拍攝方法。

先前的調查沒有發現熱水瓶這個關鍵因素。後來，日本滬西憲兵隊把責任推在公共租界巡捕房頭上，因為他們最早到達現場。憲兵隊說有幾個英國人在移交時故意引發混亂，究其根本原因，當然歸結為巡捕房那位日籍副總監無能，沒有將捕隊牢牢控制在手——那本來是將他從東京警視廳特高課調來最主要的任務。

特工總部的人因為從一開始就是被懷疑的對象，全都被看管，後來倒避免了被日本軍方追究責任。當然，前提是那些審訊筆錄永遠不要讓他們看到。如果他們發現鮑天嘯在二次爆炸中起的作用，肯定要繼續追查下去，封鎖和懲罰也會無休無止繼續下去。他們也許還會把視線轉到我頭上。事情就那麼不了了之，日本人甚至忘記了對公寓居民再加懲罰，可能跟報紙報導有關，或者是因為新政府剛成立，氣氛需要祥和。

因為接連發生爆炸事件，修造特工總部（也就是眾所周知的76號）的進度加快了，不久我們就搬了進去。

我自己倒很想盡快把整個事情忘掉。你們這些喜歡讀小說的人，可能會覺得那是想要擺脫內疚，一種心理反應，他們是那樣說的吧？那樣就有點小看我，雖然當了漢奸，我可不是忘恩負義的人。

鮑天嘯救了我。或者更符合實際情況一些，在關鍵時刻，鮑天嘯把我給放生了。他是英雄豪傑，敢做敢當。我不知道他為什麼起了這麼個念頭，把自己送到林少佐的刑訊室裡，不管你如何疑惑不解，最後他給出了一個完美無缺的答案，一件壯舉。

我意思是說，我寧可把這件事放在內心深處。有朝一日再把它說出來。可是有人不允許我保守祕密。我那些在重慶的老同事安排了一次邂逅。他們在街上攔住我，把我拉到錦江川菜館。他們不是來對我說大道理，他們是來送一份保險的，他們說。我可以繼續當我的漢奸，只要我接受了他們送給我的那個密碼本，一種工作關係就算確定了，我也就能得到一種將來一定有機會兌現的保險。

我用筷子拈起一粒陳皮牛肉，稍微猶豫了一下。這個時候日本人還沒有偷襲珍珠港，太平洋戰爭還沒有爆發。汪政府中人還躊躇滿志，沒有一個人意識到要給自己找一條退路。而且，因為南京中央儲備銀行「中儲券」發行不順利，跟軍統正打得不可開交。兩方面今天你槍殺兩個錢業大亨，明天他朝銀行扔一顆炸彈。

不知道出於怎樣一種衝動，我到底接受了他們那種安排。人總是要想想退路。我可以向別人說大話，說那都是因為鮑天嘯的壯舉感召了我。但獨自面對自己，這麼說就沒有必要了。

我根本沒有提到鮑天嘯，是他們自己說起他的。

幾句話過後，我發現他們對這個話題完全不是偶然興起。我漸漸意識到，他們此來可能就是想打聽甜蜜公寓二次爆炸的內幕。出於首度正式合作務必誠懇的做人原則，我基本上把一切都如實告訴了他們。客觀地說，有誇大其辭之處，也頂多是將事件進程中相關人物的心態情狀，尤其是其中模糊不清的地方稍作調整。我敢保證，對於事實本身未作任何偽飾演繹。

完全沒有想到，在反覆確認我對鮑天嘯何以如此作為一無所知的情況之後，他們突然告訴我，鮑天嘯那種做法完全合乎邏輯。說話的那位在這裡稍作停頓，詭祕地笑笑。他說，鮑天嘯是軍統地下抗日武裝行動人員。

那天中午在川菜館，我相信了他們，也認為他們要我對故事情節作些細微改動的要求合情合理。他們說，在設計行動的討論過程中，有一位女同志誤解了鮑天嘯，把謹慎當成膽怯，責備他是懦夫，可能還打了他一個耳光（這個情況他們也是剛剛才知道），無論如何，這些事情以後就不要再提了。因為面對艱險，就算是鮑天嘯一時畏懼，那也是人之常情。英雄不拘小節。另外一個人又補充道：知其不可為，而最終為之，那更是大英雄。

那天下午我回到特工總部，又覺得那其中有很多細節，用「鮑天嘯是軍統人員」那麼簡單的一句話不能解釋清楚。我讓丁魯帶幾個人跑了一趟甜蜜公寓，把老錢祕密拉進76號。在高洋房底層樓梯背後那個小監室裡，嚇得快要尿褲子的老錢回答了我的一些問題。他的說法再一次讓我疑竇叢生。他說，打耳光那事情，純屬子虛烏有。是鮑天嘯自己編的。有一天下午（他說的大概是鯛魚宴前的傍晚），蔣存仁拉著他一起跑到鮑天嘯房間，要鮑天嘯說清楚欠的債到底怎麼辦。鮑天嘯指天畫地答應他們，他會給大家一個交代。不過有一件事要大家再幫一下忙。他講了一個活靈活現的故事，關鍵是，他要大家把這個故事傳出去，不管用什麼辦法，最好是讓三樓的人聽到。

「什麼故事？」

「就是那個女人。捉姦，打耳光。」

「他想讓你把這件事傳到誰耳朵裡？」

「可能——主要就是馬先生你。」

這是鮑天嘯在預先埋下伏筆麼？轉彎抹角讓我相信確實有那麼一個神祕女人。提供一個旁證，一條側面線索。在他猜想中，我一定會轉手就把情報告訴林少佐。那樣他說的話就得到證實。他總是想把日本人引向那個女人。他設想了一個故事，也想好了如何把聽眾慢慢帶進故事。但他遇到了挑剔的聽眾，充滿敵意、只想把他逼入絕境的聽眾。

謎團剛剛被風吹散，又合攏到了一起。鮑天嘯究竟在甜蜜公寓爆炸事件中擔當了一個怎樣的角色？他的壯舉到底是一次還是兩次？他是不是從一開始就參與其中？難道他真的只是在後來、當我遞給他熱水瓶時才想到還有另一顆炸彈？真的有那個女人麼？可他為什麼要編造那些故事呢？

只有一件事情我可以確定，不管有沒有她，她是一個真正的活人也好，她是完全向壁虛造的小說中人也罷，哪怕她僅僅誕生於鮑天嘯一念之間，一旦從他嘴裡脫口而出，她就真正存在過。因為他為她著迷，為她感動，甚至為她殺了人。

對於我，鮑天嘯有救命之恩。他甚至救了我兩次。戰後在審判漢奸的法庭上，不知軍統哪個部門，向法官提供了一份證明檔，說在鮑天嘯用炸彈刺殺日寇軍官的行動當中，我本人實際上起了一定協助作用。而且在此壯舉感召下，我加入了軍統地下鬥爭。我因此被免於追訴叛國投敵之罪。

又過了許多年，我這時已來到臺北。在調查局退休幹部聯誼會上，有人拿來一本《傳記》。那是本讓老傢伙們寫些半真不假的往事，滿足一下虛榮心的雜誌。他們拿給我看，是因為那一期刊登了鮑天嘯的故事。據那上面說，在那兩次爆炸行動中，鮑天嘯並不是孤身作戰。實際上，有很多人在背後支持他，配合他，幫他作準備。那些人後來都授了勳，升了官。

特工徐向璧

—

徐向北當然知道徐向璧在勾引他老婆。都是他自己慫恿的麼。他要再狂些，很可以說是他自己設計的。事實上，一切都發生在他眼前。

他到底決定讓徐向璧走進自己家門，來來回回考慮過不知多少趟。他一心一意想讓老婆過好日子，那回膽囊炎開刀，半夜裡從麻醉中蘇醒過來，看到她支著下巴坐在床邊，使勁睜著眼皮，一面孔疲憊。那句話當時就脫口而出：

「我一定要讓妳過上最開心的日子。」

可開心日子哪能說來就來。關鍵是手頭緊。他一個中學總務處職工，能有多少閒錢閒心拿來逗老婆開心？他跟美術組老范有交情。老范那兒有一套《金瓶梅》，十本，裝在木盒裡，他一本本借來看。王婆那套五字訣，潘驢鄧小閒，他能占到哪一項？

徐向北覺得，他有他的問題，可他老婆也有她自己的問題。從她那頭說，也許都怪那名字。孟悠。真不知道她爹是怎麼想的。巧不巧起這麼個名字，純粹是不著調，純粹是個馬馬虎虎的定義，存心是在匆匆給她的整個人生下結論。難道真想讓她一輩子夢遊去？

她就是那種——好好走在平地上會摔個大跟頭的女人。她至少有一半人（肯定不是較小的那一半）生活在另一個宇宙。她整個人，好比說，就是努力想從她置身其中的那個狹窄時空跳出去，不管是那個一米六稍多點、苗條、乖巧、器官精緻的身體，還是她從小到大住的石庫門底樓廂房。那些缺乏想像空間的弄堂，小學語文教師辦公室裡的上午八點到下午五點，還有她和徐向北婚後棲身其中的那間火柴盒，那些單調的、按部就班的夜晚。

就好像，她身體裡最輕盈的那部分的確已跳出去，可比較沉重的那部分卻只能認命。

芸芸眾生，這種狀態其實於人無害。頂多是她獨自發愣時，別人要把一句話翻過來倒過去說好幾遍，她才能聽明白。可跟她身邊的人，尤其是跟她最親密的人，問題就會很大。很大很大很大。

它會逼得人家跟她一起往外跳，跳不出去也得跳。或者假裝跳出去。徐向北過好久才有點明白過來，泯然眾人，他獨得青睞，自己這個異鄉人身分是占便宜的。滾滾而出的兒化音啦，國字大白臉啦，一米八的大高個啦，在她最初的潛意識裡，這些東西可能暗示著生活的另外一種可能性。還有她一直以為他想必會有的爽朗脾氣。他確實有，本來有。可後來——

後來不知怎麼搞的，他覺得自己越長越奇怪，越長越乾癟。肩膀在往裡縮，腰背漸漸佝僂，臉越來越黑，皮越來越鬆，法令紋扯在臉頰上，那張大臉變得像是放隔夜的白麵饅頭，水泡過，風吹過，如今乾裂著，變形變得認不出算是哪種江南點心。口音也變得南不南，北不北，北京話往南湊，上海話往北湊，兩下一會合，有點像是在本地吃不大開的江北口音。

他自己心裡很明白，那都是因為他的精氣神，都跟著老婆跳啊跳啊往外跳，那麼多年跳下來，還能剩下點什麼？夫妻二人，也就剩下看電影的時候有商有量，爭搶大部頭小說第一卷時吵吵鬧鬧，除此之外都懶得對話。

徐向璧的事，他記得三五年前就告訴過孟悠。雖然當時向北自己都弄不清他在哪，他在幹什麼。當時兩人才剛認識——幸虧他一眼就看上她，早早拽她脫離那小圈子。不是潔身自好，也不是腦子好，有預見。純粹是先下手為強。他倆迅速發展到議婚論嫁時，消息傳來說那幫人全給公安抓去，因為開黑燈舞會。他們一九八三年結的婚。別人進監獄，他們進新房。

那陣子「國泰」在放《黑色鬱金香》。孟悠對亞蘭・德倫的面孔頓時著迷。童自榮那嗓音她也很迷。她對身世之謎啊，失散的雙胞胎啊，這種離奇的事兒特別感興趣。

「比《鐵面人》好看。」她下結論。

那晚在襄陽公園長條椅上，他說他有個孿生弟弟。

「不見啦？怎麼可能？講給我聽——」

確實說來話長。何況那時候，他能講清楚的事實不多。有多少是記憶？有多少是幻覺？想像？你們知道，這就是話趕話——你說到一件事，就拉出另外一件事。一個小小的細節，又會蔓延開來，變成另一個複雜的故事。故事——是的，日久天長，他這個孿生弟弟的故事漸漸變成他們夫妻倆之間的一檔固定節目。有時候，報紙第四版社會新聞欄的一則小故事會重新勾起他的記憶，有時候是一封來信……

偶爾，他會有那麼一種感覺……好像說，這個在他頭腦中模模糊糊的孿生弟弟的形象，由於他的敘述，變得越來越清晰。某種意義上，這個弟弟變成他的理想，他的寄託，變得好像是他自己——他身上最好的那部分，他身上最輕盈的那部分，他那尚未被人發現、尚未被他自己的老婆發現的那部分。

這會兒——他的弟弟，那個比他晚二十多分鐘來到這個世界上的弟弟，他從少年起就再未見到過的孿生弟弟，這個在他二十歲那年突然神奇消失的人——這個陌生人，又一次神奇地出現在他的世界裡。現在，他叫徐向璧。

他剛一說下週要出差，那封信就到。真會挑時候。信封落款是徐向璧，他不認識這名字，那封信擱在飯桌上，吃晚飯時，又轉移到縫紉機面板上。飯後他才拆開它，哇哇大叫，自己都覺得激動得跟唱戲一樣，有點不好意思。

「是誰啊？這麼大驚小怪的？」

他再次讀信，琢磨著。覺得信裡說話的語氣跟他自己挺像。那還能怎樣？怎麼說都是雙胞胎弟弟。

「到底誰啊？」

「我弟弟——」

「你弟弟？」

「我跟你說起過的，我是雙胞胎裡大的那個。」

「啊！他蹦出來啦？」

二

誰都不知道徐向壁是從哪蹦出來的。有時候他都覺得，壓根就是從孟悠那好胡思亂想的腦袋裡蹦出來的。你說說，她整天就盼著日子過著過著就蹦出點奇蹟，這不，奇蹟來啦。

信上說，都是他一手製造的假象。二十歲生日那天，他讓人把自己灌醉，農場那幫哥們。半夜醒過來，他忽然換掉個人似的，覺得自己再不能這樣過下去。整個下半夜，他睜著眼睛盤算。凌晨跟著上山伐木的小隊出工——這回本來輪不到他。要往山裡走半天，扛著吃的喝的，連續幹上兩三天，全累趴下才下山。第二天上午九點，在林場深處某個背陰陡坡上，他布設出完美現場：陡坡邊沿刨出的滑痕，碎土。陡峭山坡外，大林海鬱鬱蔥蔥，樹頂遮蔽下深不見底，一個天坑。他揀出一件破舊衣服，裹牢大塊土石疙瘩，崆隆隆往坡下扔，伸出腦袋望望，折斷數根樹枝。

嗯，一封信說不到那般詳細，這種種細節徐向璧後來才有機會親口補述。

簡單說，徐向璧偽造事故現場，讓人誤以為他落下峽谷，就此消失，無影無蹤。他計算一夜，確信這做法一舉兩得。生產現場發生傷亡事故，家裡可以拿筆撫恤金。錢會送到他媽那兒。那一年，爹媽離婚，他和徐向北小哥倆像別的財產那樣一分為二，向北跟著爸爸，他就跟著媽過。從小到大，他還從未給他媽掙過一筆像樣的錢。

最重要的是，他就此可以自由自在，想幹啥就幹啥，沒人管得著他，想去哪去哪，不用晚回農場報到一天就扣掉工分，取消下次休假資格。他準備充分，所欠的僅僅是決心。食物衣服早就藏進山上那間茅棚。錢，那數年積蓄，他一向統統隨身帶。

農場在西南邊陲——信中他語焉不詳告訴向北，後來那幾年，他混在東南亞某個小國，混得不錯。他反覆警告徐向北，所有事情都要保密。要保密！向北正念著，水池上涮碗的孟悠說：

「要保密要保密。跟個孩子似的。」

徐向璧在信裡說，絕對絕對不能讓人家知道。從法律角度說徐向璧已是死人，因公犧牲，撫恤金都發過。他沒有戶口，人人都有一個身分，他沒有。信上雖不說，向北能懂。這事的要害在於，他弟弟想必不止一次偷渡國境線！

「你看，他不肯說，不過他一個失蹤人口，怎麼可能想出國就出國，想回國就回國呢？」

孟悠乍碰上這種事，心裡怦怦亂跳。自打她生下來，這得算是頭一回。涉及其中的神祕人事，竟然是她小叔子。

「他怎麼不問問你過得好不好，不打聽打聽你有沒孩子？你這弟弟，跟你一點都不親熱——」

向北心裡頭掠過一絲懊惱。不過他什麼話都沒說。

星期天下午，向北不在家。多半是跟樓下那班狐朋狗友一塊，躲哪個陰涼地打牌玩。或者下軍棋，徐向北最喜歡四國大戰，所謂五村第一高手。那是勢弱時敢騙敢蒙，轉強時心狠手辣，精神智慧在棋盤上發揮至極限。往小板凳上一坐，兩條手臂小方桌上那麼一撐，遺傳天生那份燕趙豪氣，全耗這上頭。

孟悠在陽臺上，把被褥往晾衣竿掛開。十月好太陽，曬得人發愣。李老頭在樓下拿著喇叭直叫：徐向北電話徐向北電話。半天她才回過神。

「他不在——」

沒多久，向北就鑽進家門。

孟悠看電視，沒理他。美國老片。《金玉盟》。正高潮，男的起身要走，女的雙腿蓋著毯子躺在沙發上。孟悠鼻子又開始發酸。

「我有電話？」

沒聽見。

大聲：「我有電話？」

「你怎麼知道？」

「我——我在樓下打牌，聽見的。我去看看。」

向北又竄出門。

螢幕信號再次變花時，向北回到家裡。

「又花啦。」孟悠衝著他說。向北跑到電視機跟前一陣拍打，圖像漸漸顯露。

「等啥辰光給妳換臺松下廿吋。」向北咕噥一聲，鬼鬼祟祟到衣櫃裡翻東西。奇怪——接個電話就跟變個人似的，換彩電，氣壯如牛的話就這麼脫口而出。孟悠瞪著他。

向北背著身，撓撓頭，想想不對，又轉過頭對她說：「等有閒錢。」

「喊，哪會？」

「我出去一趟，見我弟弟。徐向璧到上海來。住在錦江飯店，讓我去見他。」

孟悠忽然興奮：「他怎麼說來就來——」

又一想：「你是他哥哥，他該來見你。」

「他不便到處拋頭露面。你知道。」

走到門口，徐向北又回頭說：

「我這弟弟，也不知在哪兒長大，簡直不像我們家家教出來。他該請妳的。」

「我才不去。得他來登門見我呢。」

「行行，我讓他來朝拜您，太后。」

「你們家啥家教？」

三

老天！徐向北帶回來五千塊錢，五十張簇簇新的百元大鈔，還有一堆包裝美麗的外國食品。本市大概只有「七重天」那種地方，才會見到這麼漂亮的東西。一件金色的女式風衣，V字大翻領，束腰，過膝。最讓孟悠瞪大眼睛的是那只黃澄澄的金戒指。絕無可能是本地金店銀樓土產。

「這是香港的？周大福？」孟悠聽說過。

徐向北決定說實話：「不是。來之前，他不知道有妳。臨時決定送見面禮。在茂名路錦江飯店樓下買的。」

白熾燈泡下，戒指上微光蕩漾，像金色的魚鱗閃爍。

「這麼多錢——看起來像假的……」

「胡說。」徐向北笑著罵她。

「他怎麼能賺那麼多錢？」

「我沒問。他膽大妄為——我猜想，一定不是什麼好來路。」

「什麼？」

「我是說這錢，一定不是什麼合法生意賺的。」

「啊？」

「走私。多半是走私。」徐向北咧著嘴一臉壞笑。

「這種錢我們能拿？」

「妳管他，」向北幾乎有些興高采烈，「他幹他的，咱又不參與。他給哥哥嫂子送錢，拿著花就是。錢上還能看出好壞來？妳能看出這錢是黑的白的？我反正看不出來。」

窗子開著。一陣風掠過，掀開密蓋在徐向北腦門上的頭髮。燈光照耀下，油光光，喜洋洋，像是有一股以前從未光顧過他的春風籠罩眉宇之間，像是從那些電車路般的抬頭紋裡，一大撥好運氣正止不住往外冒。

平素孟悠問他一句，他能回一個半個字就不錯。今天他輕輕巧巧就說出這麼一大串，好像早就深思熟慮過一般，好像這疊錢竟然能讓他轉性變個人似的。

「他長得什麼樣？」孟悠尋思著。

「這話說的——跟我一樣！」

徐向北自己覺得沒底氣。跟著說：「比我看起來年輕點。你說他那麼多苦頭吃下來，又是插隊，又是逃亡，又是動那麼多腦筋使壞心眼賺錢，居然看起來比我年輕！」

「你是自家把自家過老的。人哪，活的就是那股勁頭。」

「也是，人一窮，越過越憋屈。」徐向北把這摞錢狠狠拍到桌上。

「你這弟弟，膽子可夠大的。他過得到底是啥日子啊？」孟悠神往地說。

四

第二天一早，徐向北讓孟悠把出差用的人造革大包找出來，隨手往裡塞幾件換洗衣服，準備出門。平日他出差可不像這樣，他會把包塞得鼓鼓囊囊。一大堆吃的用的，小零小碎全裝包。醬菜都裝一大瓶。出門在外，忘記帶哪樣，到時都得花錢買。

孟悠趕著上班，沒顧上問他。

向北心裡篤定。他有錢……他會有多少錢，甚至都還沒告訴孟悠。絕對不止五千。好吧，他對自己說，弟弟的錢，給哥哥用些不行麼？哥哥拿到錢，藏點私房不行麼？

他先到單位，把大包塞進辦公桌底下櫃子，鎖好。到領導辦公室打聲招呼，得有半個月不來上班。最後，他從抽屜裡拿出昨天剛取的照片，他和弟弟徐向璧的合影，他們以前從未合影過。他再一次仔細看那照片，照片上的這對雙胞胎，差別還是很明顯的……他會趕上弟弟的，他把照片小心地插入錢包，放進口袋。

他從錦江飯店徐向璧訂的套房出來，已然換個模樣。皮爾卡丹菸灰色西服，藍條紋白襯衫，金黃色絲綢領帶，小羊皮鞋，金絲邊眼鏡。

他獨自跑到美心酒家。要一壺花茶，幾件鳳爪蒸餃，消磨一段時辰。快中午才出門。又沿著淮海路向西，一路走一路趾高氣揚，不管路人如何側著眼瞧他。

他一頭鑽進「白玫瑰」，讓人給他理個平頭。像徐向璧那樣的平頭，他心想。決定照徐向璧那樣子拾掇一番自己。

剪完頭髮，修臉。修完臉，又用磨砂膏磨臉。這一番弄下來——他看看鏡子，整個人容光煥發。再走到街上，不自覺挺起腰來，覺得比先前高大許多。

他不著急，他有一肚子計畫。他一向不是個有計畫、照計畫安排生活的人。可突然之間，徐向璧——來到他跟前……

某種東西進入他的身體，跟徐向璧有關。似乎是，徐向璧的性格，他的大膽、想像力，甚至……他的形象漸漸開始干預他，影響他，改變他。

層出不窮的想法和計畫往他頭腦裡冒。他要抓住機會——人要懂得抓住機會。再也不會給他更多機會，都老大不小啦。

他認為自己能夠控制徐向璧。他不是哥哥麼？總還有點把握。他甚至能借用弟弟的手改變一切。首先，要讓徐向璧進入他的生活。他可以讓徐向璧獲得合法身分。這是徐向璧唯一缺少的，此外他樣樣都有。而他徐向北，除卻一個身分，一個安安穩穩的家庭，一份眾人皆知也皆認可的工作，別的他還有什麼？他們倆可以互相交換一點東西。

那一來，徐向璧就能走到大家面前，走到大街上。就能盡情花銷，盡情拋撒他的錢，他那一大堆錢也都能變得合法起來。

當然，徐向北自己會有點小損失。連孟悠在內，都必須承受。因為歸根到柢，有所失才會有所得。

他可以跟徐向璧一起，分享那堆錢。一大堆錢！

五五開，四六開，哪怕算在他徐向北頭上那份更少些吧，哪怕二八——他用一份，他弟弟用九份行不行？

沒什麼好擔心的。他倆本來就是雙胞胎。別說不站在一起孟悠分不出來，就站一起孟悠也未必能分清。別說晚上分不清，就白天也不見得能分清。那你說，這個和那個，對孟悠又有什麼不一樣呢？

別人。別人更不用擔心，雙胞胎，這種情形誰能看得出來？就算看出來，又有誰會管你閒事？生活在這座城市裡，如同沉浮於茫茫人海。悄然而至，飄然而去，又有誰會格外注意你？

他覺得自己好聰明。以前看起來不大聰明，全因手裡沒有錢。錢是激素，是興奮劑。人一旦有錢，自然會充滿激情，充滿想像力。

他不忙動手實施計畫。先讓自己好好享受一番。痛痛快快花點錢。人要學會不心軟，先得學會對錢不手軟。到那境界，頭腦才會越發機靈，好主意層出不窮。設計更好的細節，讓想像中的計畫完美無缺。

可以讓徐向璧歇幾天。不管徐向璧有多厲害，現在一切由他控制。只有依靠他，徐向璧才能在這座城市立足，具有一個合法身分。事實上幾乎可以說，這個弟弟如今依附於他才算存在，簡直像一隻牽線木偶。

五

夜黑風高。外灘黃浦江堤。十一月江邊，閒人已少。寒風從東北陸家嘴方向吹來，席捲起突突馬達聲。機帆船駛過，一列拖船尾隨其後。正是漲潮時分，小船像是漂浮在孟悠的下巴底下，一片烏雲遮擋住月亮。

事情委實有點莫名其妙。

剛把碗筷放進水池，窗外就喊她接電話。那是公用電話亭當晚最後一次進線。楊老頭急著回家吃晚飯，站在電話桌邊，手抓窗板盯著她看，她敢再多說一秒鐘，老頭很可能用木板將她橫掃出門。

後來她確實想到，她忙裡慌張就答應去見他，一大半要怪楊老頭和他那塊窗戶板。

電話那頭竟然是徐向璧。

「你哥他不在。」

「噢──」電話裡一陣沉默。

忽然，電話裡刻意壓低的聲音急促起來：「我必須跟妳碰頭。今晚妳出來一趟。」

「那樣著急，你病啦？」

「當然不是──現在只能這樣。妳必須來。到外灘。」

孟悠稀裡糊塗答應下來。那刻意壓低的聲音略顯急促，有種高高在上的熟絡。就好像他知道你的一切，而你對他卻很陌生（像那種神祕機關給你打的電話）。昏暗的電話亭，燈泡用一根電線吊下來，風吹過，一陣搖曳。孟悠打個寒戰，輕輕說一聲：噢。

挺拔的身影在江燈微光下向她靠近。她回頭，既陌生又熟悉，如同久別重逢。

「孟悠？」

即便是黑暗的堤岸邊，她也能認出，正是徐向北的雙胞胎弟弟，活脫似像。當然是比向北英俊些，板寸頭髮下，眉宇顯得更開朗些。黑色的絲羊絨大衣，風打著豎立的領子，啪嗒啪嗒。

「別盯著看。注意我身後，兩點鐘方向，那兩個傢伙還在不在？」

五秒鐘後她回過神，想起兩點鐘方向的意思。拿眼角瞥過去，果然有兩條黑影。在江堤人行道下方，躲在粗梧桐後朝這邊張望。菸頭忽閃忽滅。

「輕鬆點。自然點。我們往前走。挽著我。」

越這樣說孟悠越緊張。徐向璧脅下很溫暖，光滑的羊絨襟袖摸著很舒適。但身後有一雙危險人影，讓她想起小說電影裡的黑道仇殺。

「別緊張。」江堤臺階上，她一腳踩空。

徐向璧迅速向後掃視。拐進漢口路後，他加快腳步，拖著孟悠向前奔跑。路邊停著輛轎車。車身很長。金屬漆在暗夜下閃爍。駕駛座上有人等著。

徐向璧拉開車門，孟悠彎身坐進去。車廂異常寬大，她沒坐過這樣的汽車。後座是對面兩排，與駕駛座隔一道玻璃窗。

關門動作迅速輕盈，如同收攏翅膀。門一關，汽車就滑動起來。車內很溫暖，很安靜。兩人相對而坐。汽車無聲無息地疾駛，像蝙蝠劃過夜空。

她有點怯，不敢說話。

「司機聽不見我們說話。」

「噢。」

良久。她問一聲：「這算是什麼汽車？我從沒坐過這樣寬敞的。」

「卡迪拉克，加長型。」

「噢。」

車子平穩駛過鬧市區。路燈越來越亮，車廂內光線瞬息明滅。他半閉著眼睛，似在沉思。她忍不住盯著他看，越看越覺得不像，越看越覺得弟弟長得實在是比哥哥好看。儘管閉著眼垂著頭，渾身上下仍舊向外散發著一股——殺氣。是因為向後繃緊的嘴角？

徐向北的嘴角總是那樣咧著，嬉皮笑臉。

「我哥不在家？」

「他出差啊，沒告訴過你？他昨天剛來過電話。」

沉默。他突然抓住孟悠的手，握著她的手腕，從底下托著她的手。汽車在搖晃，他的堅硬的指骨關節碰觸著她的腿，似有若無。

她有些慌張，不知他想要幹什麼。

他盯著她看，瞳仁在黑暗裡閃爍。

「有包東西，能不能幫我保存？」

……

她愣住，好像沒聽明白他話中含義，好像在擔心這是個天大的玩笑，是誰在故意逗她，拿她開心。

他在等待。車子沿著細長蜿蜒的馬路，由東向西疾駛。十月的梧桐樹，樹冠依然豐滿茂密，遮擋住月光，遮擋住兩邊房屋內隱約射出的光線。十月份的天氣就是這樣，溫柔而肅殺。

「妳必須向我保證——」他的手在握緊，她的手掌被擠成一顆心形的空拳，掌緣感覺到一絲疼痛。她茫然低下頭，看著自己那幾根細弱的手指在他的指縫裡艱難掙扎，在夜色下像一束脫水的白蔥。

他的手乾燥，溫暖。

「妳要保證，不能向任何人透露這情況。不要告訴任何人。包括——徐向北。」

她悚然一驚，抬頭：「為什麼？」

他一聲嘆息。餘音在車廂裡嫋嫋不絕。

「我找不到他才找妳。如果交給他，我一樣會讓他對妳保密。多一個人曉得就多一份危險。妳可以拒絕——如果妳答應，就保證。這性命攸關！」

某種奇異的激蕩突然襲向孟悠的心頭。無來由的衝動……想要參與其中，另一種生活。與黑暗環境有關，與幻覺有關。這個密閉黑暗空間，讓她想起電影院觀眾席。

「是什麼？」

他挪動腿腳，把一個黑乎乎的東西踢出來，踢到她腳邊。她等待片刻，伸手去取。是個小箱子。

他幫她提起來，放在她膝蓋上。是個輕薄的密碼箱。黑牛皮，銀色的金屬箍圈。

「不要管裡頭的東西。別打開。別告訴任何人。也別告訴向北。多一個人曉得就多一份危險。妳不能打開箱子，不要去看，多知道一點，就多一份危險！」

徐向璧讓汽車直接停到小巷深處，跳下車。朝巷口方向張望片刻，快速拉開車門，讓孟悠下車。

「妳趕緊走。直接上樓回家。別害怕，我幫妳看著後面。」

她連走帶跑衝進家門，關上門，鎖上保險。

她把箱子放在桌上，驚魂未定。喘息稍停，她開始琢磨起如何藏起這件東西。她往床下塞，擔心那還不夠隱祕。

她拉來小桌，疊上方凳，爬到懸空吊高在房間門口的小儲物間裡（那是徐向北用兩星期時間自己搭建的），在一堆灰塵覆蓋的舊棉胎下，把那東西安頓好。蓋上棉胎，再蓋上報紙，再堆上幾件裝舊衣服的包裹。

她滿頭是汗，坐在床沿。

我是特工人員。她睜大眼睛，無法理解這電光石火般翻轉的各種懸念。間諜，間諜妳懂不懂？這箱子裡有無比重要的檔，涉及到國家安全！她快要暈厥過去。在泰國，有人追殺我。我有些大意……以為是幾個小毛賊，以為不過是幾個臺灣的黑道殺手。我一向把自己裝扮成生意人。這次我看走眼。

　　她沒法把他說的話串聯起來，這些話她都不能理解。她只是從心底裡冒出一股迫在眉睫的感覺，有什麼東西在逼近她，可她卻不知道那是什麼。只是那股氣氛，她感覺得到。

六

　　徐向北坐在錦江飯店北樓下的酒吧，桌上放著平底杯，冰桶，水杯，還有一瓶「藍方」。才十來天的工夫，這個人已完全變了個模樣。

　　雪茄菸架在菸缸上，他自斟自飲，氣度不凡，好像天生就屬於這個地方。在他西裝的內襟口袋裡，左邊有一疊人民幣，右邊有一疊外匯人民幣。猶如懷揣著兩顆小型原子彈，他覺得自己的氣場可以籠罩整個大廳。

　　殺氣。

　　他已拉開序幕。按照計畫，第一步要迅速，果斷，不由分說。讓人不敢不服從，不得不服從。

　　火到豬頭爛。只要有錢，在這個城市裡沒有什麼辦不到的事兒。

租個豪華轎車實在太容易。友誼汽車公司有個貴賓車隊，是市政府專門接待貴賓用的。清一色豪華大轎車。從前全都是政府養著。如今自負盈虧，也得想個法子弄錢。公務接待之餘，車隊可以自行出租。徐向北拍出幾疊現金，先包下半年，司機的工資另開一份。車牌在200號以內，走在路上，交通警都不好意思攔它。想停哪兒就停哪兒，行動無極限。必要時，還可以在前窗邊掛上英國旗、美國旗，你想掛哪個國家的旗就掛哪個國家的旗。

他沒別的壞心眼，就想痛痛快快花錢，做夢一般花錢。讓他老婆孟悠，讓他自己——兩人一起做夢一般去花徐向璧的錢。

與此同時，要保證不壞事。既不壞徐向璧的事兒，也不壞自己的事兒。主要是自己的事兒。至於徐向璧的想法，根本不用管他，徐向璧得聽他的，徐向璧不得不通過他，通過他徐向北，獲得一個合法的身分，不對麼？

七

孟悠睡在床上，如睡針氈。

連著兩天她都睡不著覺。家裡藏著那樣一件寶貝，說又不能說，看又不能看，要命不要命？徐向璧剛一開口，她還以為是什麼跟違法犯罪活動有關的東西。可又不是，可這更要命。特工！論心狠手辣，他們比犯罪團夥厲害一百倍。那天晚上，跟在他倆身後的那兩團黑影，會不會跟蹤到此……無數電影場景在天花板和床鋪之間的半空中漸進漸出，街頭追殺，密室謀殺，先姦後殺！她沒睡著時一幀一幀畫面在她眼前飄過，她睡著時還竄進她的夢鄉。她看過太多太多錄影帶，徐向北職務之便，常常把學校的卡帶播放機私自帶回家。在看電影上頭，他倆如飢似渴。

徐向北為什麼還不回家呢？可他回家，她能跟他說麼？

又到下班時，她心裡發怵。一直等到天黑——

路人行色匆匆，一陣寒潮過後，天氣小小回暖。她盡量選擇小街小巷，弄堂深處飄散著炒鍋的油香。

有人攔住她。是徐向璧。米色的束腰風衣，金邊眼鏡在夜色裡熠熠發光。眼鏡並不能給他添上一星半點書卷氣，卻讓那臉龐變得更加嚴厲。

「那天晚上你沒戴眼鏡。」

「我視力很好。妳知道，幹我們這行，沒有眼神可不行。不過是變個樣子，我們要常常改變形象。妳知道——」

「你知道你知道，我什麼都不知道。」她突然發怒起來，可不知為什麼，倒像是在撒嬌。

他的皮鞋擦得鋥亮，徐向北的皮鞋從來都是灰撲撲的。

他朝她微笑。瞳仁在鏡片後閃爍，像是在嘲笑她。

她有些心慌，摸摸頭髮，拉拉包帶。

「別害怕。今天沒有人跟蹤我。東西還好？妳別怕——讓我來處理。我們去吃飯。」

她預計錯誤。她還以為他會把她帶去什麼豪華餐廳。她希望是錦江飯店的「食街」，因為徐向北告訴過她，向璧住在錦江飯店。「食街」，學校裡一個有香港舅舅的同事炫耀過，一頓飯要吃掉好幾千呢！

「在公眾場合吃飯，我怕妳不安心。」

真的很體貼。孟悠不知道要是跟徐向璧坐在人頭濟濟的餐廳吃飯，冒著那樣天大的危險，她還會不會有胃口？

他讓司機把車朝西區開。汽車停在衡山賓館院子裡。他扶著旋轉門，讓她先進。他把百元大鈔夾在手指縫，輕輕塞入大堂行李房服務生的馬甲口袋。

「帶我們去西班牙套間。」他小聲發出不容置疑的命令。

房門打開，是一條彎曲走廊，牆上是幾幅水彩畫，騎在馬上的阿拉伯人，獵手，彎刀，槍，棄置不用的堡壘，破碎的牆，背景上是沙漠。又是一道牛皮包覆的沉重內門。客廳中央懸掛著巨大枝形水晶吊燈，正面牆上巨幅油畫，鮮豔的舞女，黑暗的背景似有人頭湧動。

他領著她走進餐室。兩面有窗，兩面牆上掛著小幅油畫，畫著鮮花和食物。桌上餐布潔白，紋飾複雜的印花瓷器，耀眼的玻璃，寒光四射的銀色金屬。

孟悠略感不適——並不是覺得受冒犯，只是有些手足無措。但他殷勤地請她入座，不適感轉瞬即逝。

「你那東西，需要我幫你藏多久？」她話說出口，便覺得有些不合時宜。

「別擔心。事情快解決啦。」他微笑。

「今天不說這些。」

他轉身過去，擺弄一臺機器，打開後一整排燈珠跳動。他抽出唱片，手指在封套上輕輕彈，就這張吧，他對自己說。

唱片在旋轉，音訊指示燈如金蛇舞動。音樂響起——

是重新編曲的電影音樂。她熟悉這些電影。她喜歡這些音樂。他知道她喜歡？

「這是哪個樂隊？」

孟悠其實也不懂多少，她知道波爾瑪麗亞，知道曼托瓦尼。

「我不知道。我不懂音樂。我猜妳會喜歡——」

「你猜？」

「我不會猜音樂。不過我會猜人。」

溫暖的房間，音樂，美食，從窗外樹頂上吹來的風。他的微笑。他的迅速在冷酷和風趣之間變幻的神態。

她覺得生活真美好，她忘掉所有的不愉快，忘掉那個危險的皮箱，甚至連徐向北也短暫從她這一刻的夢幻裡消失。

八

他已讓徐向壁跟孟悠會面多次。總是在夜晚。美味佳餚，音樂，酒，他從不知道孟悠那麼能喝。在西區林蔭道散步也很舒服，九點以後，街上行人較少。卡迪拉克跟在他倆身後。他還不敢輕易安排白天，夜晚有夜晚的幻覺。他擔心一到白天，幻覺會不會消失？孟悠看到徐向壁的面孔，會不會想起他來？那很可能會破壞所有夢幻般美好的感覺。他冒過一次險，讓徐向壁清晨在路上攔住她，請她去希爾頓酒店吃早餐。那是最糟糕的一次，她急著上班，早上醒來時常常脾氣很大（他知道她這脾氣）。

他覺得自己有些冒進，他要更耐心些，孟悠是個需要很大耐心的女人。在某種微妙的程度上，他希望徐向壁能夠替代他，做他自己已難以做到的事——進入孟悠的夢幻，進入她的內心深處……

他感覺得到孟悠身上的變化。這一半是較為昭彰的物質效果，他讓徐向壁送給她衣服，飾物。還有一半在精神上，那很難形容。他幾乎像是緊緊跟在他倆身後，像是能偷聽到兩人的對話，他觀察她的變化，為此興奮不已（像個大敵當前的戰略家）。

每天深夜，他都在錦江小酒吧裡喝酒。平均三天喝掉兩瓶，不會真正喝到醉，只是讓自己鬆弛下來。他不敢喝過頭，喝成那樣，人就會傷心失落。

九

孟悠覺得頭暈。全身每個細胞都像讓人給注射進某種溫暖的液體。大量的水分讓她變得分外滯重、黏稠，渾身綿軟無力。房間裡所有的光源都變得輪廓模糊，像是變幻不定的反射雲團。

「我有點頭暈……」她低著頭朝自己嘟噥。

「我這是怎麼啦？」

面部肌肉僵硬，她覺得自己笑不出來。可一旦開始笑起來，就煞車不住。

徐向壁的臉在晃動。他的手指也在晃動——

豎起的兩根手指——在她眼前，在她鼻翼的兩側緩慢搖晃，帶著拖影……

讓她的鼻根一陣發癢。

「我這是怎麼啦？」她傻笑著問他。

他的面孔在背光裡有些陰險：「我給妳下藥啦……」

她笑個不停，興味盎然地打聽：「你給我下藥？什麼藥啊？」

「吐真藥——」聲音像是從一根極細的管道裡擠到孟悠的耳朵裡，擠壓成一絲斷續的線條。

「什麼？」她一點都不驚訝，她想坐起來，想問問清楚，可她笑得渾身發軟。

「一種可以讓人說真話的藥丸。」

她頭腦還是很清醒，吐真藥，間諜們怎麼那麼喜歡使用這些奇奇怪怪的東西呢？

「給我看看，那藥到底長什麼樣呢？」

他遞過來一支筒狀的景泰藍小瓶，她打開蓋，藥片上有幾個英文字母。她遞還給他——

手一軟，藥瓶掉到地上，幾粒藥片滾到沙發底下——

「為什麼要給我吃藥呢？」她天真地問他。

「一個簡單的測試——妳必須說真話……妳有沒有打開過那個箱子？」

「沒有啊，我沒有啊，真的沒有啊……」

「妳有沒有向人說起過這件事？」

「沒有啊。」

「有人向妳打聽過我麼？」

……

……

十

孟悠覺得自己在著魔。夜裡擔驚受怕，下午走在路上東張西望，暗自期盼徐向璧藏身在哪個街角，突然跳出來攔截她。每一次他出現，都意味著一個夢幻之夜。

連著兩天，他都沒出現。

第三天下午，她站在學校大門外，正在聆聽戚老師當天最後一個八卦，抬眼看到馬路對面停著那輛車。徐向璧站在人行道上，大半個身子遮掩在汽車背後，正在朝她招手。

戚老師瞪大眼睛，說話都有些結巴：「那，那是誰？那不是——」

「向北的雙胞胎弟弟。一直在國外——」

「啊。噢。」

披著那件黑色羊絨大衣，在風中飄飄如黑衣王子。

戚老師詭祕一笑，孟悠搞不懂這笑容的含意。

徐向璧也在朝她微笑。風捲起枯黃的梧桐樹葉，在地上旋轉，鋪散，如同鋪出一條金色的地毯，橫在馬路的中央。

她踩著樹葉走過去，腳下沙沙，像是小心翼翼走向又一個新夢境。

「想不想看電影？」

「電影？」

「我知道妳喜歡這個。」

「你知道？」

「猜的。」

說真話的藥丸——那天夜裡，他到底問過她多少問題？到底她說過些什麼？真的是藥物的作用？還是她本來就想把真相告訴他？說真話的藥丸……一個不錯的理由，一個可以讓人說出事實的理由……

不是電影院。是西郊賓館。樹影重重，一幢小洋樓。

二樓小宴會廳已重新布置，一面牆上掛著白色帆布銀幕，兩側的牆都有窗，窗子已被厚厚的絲絨覆蓋。服務生把他倆引到宴會廳中央的兩張巨大沙發上。茶几上放著奶茶，巧克力和酒。

徐向璧拍拍手，所有燈光突然關閉。

在黑暗裡，孟悠轉頭問那個埋在沙發深處的身影：「什麼電影？」

「《桃色交易》。」

直升機把黛咪摩爾送上遊艇時，孟悠已完全入戲。她緊張，不知這一夜會發生什麼……

黛咪摩爾身上依稀有她自己的影子，做夢般嚴厲的大眼，濃眉，茂密的頭髮，修長圓潤的身體，白皙的腿。黛咪摩爾一敗塗地。不是敗在金錢上，而是敗在一個夢境裡。

她在掉眼淚，一隻手伸過來，握住她的手。

十一

在黑暗裡，徐向北的鼻子也有些發酸。一滴眼淚滑落。

一切都在按計畫實施。這不能怪徐向璧，是他自己設計的。連看電影這一齣，也是他設計的，只有他曉得孟悠真的會把自己丟失在劇情裡。

實際操作起來，只要樂意大把大把撒錢，一切都很容易。西郊賓館是高級領導休息的地方。租下整幢別墅，租下賓館的電影放映機，租下拷貝，只要找到路子，一切都好辦。他的司機從前是軍人，有個戰友在西郊賓館，此人的日常工作就是管理這些設備。

其實，這事情最難為的部分是他自己。誰樂意眼睜睜看著自己的老婆讓人家拐走？比較說得過去的理由是，他想讓自己的妻子平靜地邁入金子般的夢鄉，踏踏實實地花錢。人不能從貧窮的火柴盒房子裡一步跳進奢侈的宮殿。她會慌張，失態，她會承受不起，尤其是因為她正派，她膽小。只有置於她自己的幻想世界裡，她才會勇敢無比。

如果對自己更誠實些，他還有別的理由……

沒有人像他自己那樣知道自己，沒人知道他腦子有多好使。他沒有得到過什麼機會表現。從前，只有下棋時，別人才有可能看出些微，才可能對他優秀的智商稍稍估摸出一些來。智商，他們管這個叫智商。四國大戰，他喜歡下這種軍棋。他善於布局，進程中靈活調整。他下手果斷，穩準狠，最得意的一局，他只花七步就消滅一家對手。面對絕境他從不氣餒，擺明要輸的殘局，他僅靠一只工兵就能扛掉對手的軍旗。最要緊他擅長察言觀色，人都有基本行為模式，記住那些特徵，你就能對照甄別，猜到別人的心思，料敵於機先。他猜得很準，尤其是那些常常跟他一起下棋的對手。

十二

孟悠有點醉意。這類事情她從前都想過，甚至把她自己代入角色。那是她最祕密的精神遊戲。既讓自己參與冒險，又讓自己置身事外。在心理和現實兩個層面，她有足夠的安全距離。

這些幻想，她從未告訴徐向北。即使在他倆最親密的時候，她也從不告訴他。幻想本身就是自足的，不需要別的東西摻雜進來。拿性幻想來說，她可以在大腦裡上演一齣瘋狂的床戲，如癡如醉，實際上她只是閉著那雙眼睛（她瞪大的眼睛常常叫徐向北氣餒），讓向北用最傳統最笨拙的姿勢趴在她身上——足夠啦。

有時幻想強烈到如此程度，以至於想像力本身就試圖消除那條隔離線。有時候會失控，幻想變成真正的行動，那往往會鬧笑話。有些行為，在幻想時顯得那樣真實可信，一旦實際去做，真實感突然會煙消雲散，連自己也覺得虛假做作。

有一次，她內心的亢奮達到如此高度，突然翻過身來，赤條條跪在床上，背對著他，差點把屁股拱到他鼻子尖上。那一刻她瘋狂地想讓他從背後跟她做，這從未嘗試過。向北剛一用力，她整個人翻到床底下。絲綢被面太滑，她也太激動。徐向北一把抓住她的髖骨，把她打撈上來。

看吧，這就是試圖讓幻想變成真實行動要付出的代價。

這會兒她有點醉意。桌上那只藍色長頸玻璃瓶內，調製的甜酒已喝掉一半。身體像妖異的白色曇花，在夜晚的窗臺下鼓漲，盛開。

那張巨大的沙發，安置在窗臺下。

她埋在沙發深處，身體順著靠背和坐墊彎曲鋪展。覺得自己像一整條青白的魷魚，光滑，柔軟，鼓鼓囊囊，空心，一腔液體，仍在渴望吸吮。

徐向璧，跪在她的腳邊，望著她。

「後來我怎麼對你說的？那天夜裡，你給我吃藥以後，我到底對你說過什麼？」

她想起那些小藥片……第二天早上，她從沙發底下撿起兩粒，偷偷藏在口袋裡。

「妳說妳腦子裡有一隻蝴蝶在飄來飄去——」

「還說過什麼？」

「妳問我還有什麼問題想問妳。」

「那你怎樣問我呢？」

「我問妳想讓我問妳什麼……」

「我怎樣回答你的呢？」

……

月光下，身體在挪動，繞捲到一起，手臂和腿在尋找合適位置。

他找不到，把腦袋埋到她懷裡，可憐巴巴。

「幫我一下——」

她陡然一驚。不是哪句說法，哪個動作——是這個片段本身似曾相識。是這種局面，這突如其來的感覺……

難道真像他們說的，在骨子裡，在展露人性本質的行為裡，在最基本的、全然條件反射的一些舉動裡，這些雙胞胎們會表現出奇異的相似性？

十三

在黑暗的房間的某個更加黑暗的角落裡，徐向北也陡然心驚。他記得自己總是找不到地方，總是怯怯地求她幫一下手。他覺得徐向璧有些失控，他的雙胞胎弟弟此刻正任由自己的本能驅策。

根本的情況是，他自己有點失控，他恍惚而憂傷。有些事，你可以駕馭兩個人齊心合力做好，有些事你只能駕馭你自己，無法駕馭別人。有些事，你甚至連你自己都無法駕馭。

他要尋找機會，提醒一下雙胞胎弟弟。徐向璧，你必須壓制本能，時刻不忘自己是在表演。不然需要你幹麼？你跟我有啥不一樣？咱倆是雙胞胎。

十四

徐向璧也已醒悟。幾乎同時……

在月光下，他察覺到孟悠有一絲惶惑，察覺到她那短暫頓挫。激動漸漸緩和，心氣兒好像突然洩掉一大半。

他捧過她的面孔，發瘋般親吻起來。手指頭在她身上又掐又摸。身體滾燙——

他猛然推開她的臉，望著她。

他使勁扳她的腰，她的眼睛在黑夜裡特別明亮，像從窗外庭院裡層層疊疊的樹影裡透射過來的路燈。他用力拍打她的屁股，把她翻轉過來，抓住她的膝彎，向沙發深處壓去。她背對著他，臀部高聳，像滿月，像無雲之夜滿月上的一片陰影。最後的一瞬間，他停止表演。

十五

有些事情，你假定自己可以掌控，所以你放手任其發展。可事情一旦進入到它自己的軌道，你立刻發現並不像你想的那樣簡單。被你忽略掉的、你以為最無關緊要的部分突然會蔓延開來，席捲著人和事向前猛衝，讓你痛苦萬分。

徐向北此刻就感受到這種痛楚。

親眼看到自己的老婆在別人的身體下喘息，呻吟，尖叫。

每一次他都在現場。這是他與徐向璧之間的約定，是雙胞胎之間的不成文法律。弟弟不能忽略哥哥的存在，不能脫離哥哥的指揮，不能瞞著他自行其是。

即便親眼看到所有的情形，他還是發現徐向璧和孟悠的幽會正在朝著他無法理解的方向迅速脫軌。

徐向北制定計畫，徐向璧必須不折不扣執行。是的，徐向璧幹得不錯。不久他就發現，誘惑可以控制，欲望可以控制，但人的感情卻無法控制，男女之間那種突如其來的互相渴望無法，無法控制……愛。

他忽然發現，這個雖然剛建立聯繫，卻已感到十分熟悉的弟弟，他並沒有真的很熟悉。

簡直是徹頭徹尾的背信棄義。有些人，一開始他不過是要個身分。好吧，你幫他虛構一個合法身分，然後他就想從你這搶走更多東西。完全在你預計之外。你措手不及，讓你覺得自己純粹自討苦吃。

還有孟悠。他想讓你過上好日子，天曉得要動多少腦筋，承受多大壓力。可你才短短兩個星期就忘乎所以，就一心一意喜歡上他的弟弟。他不怨恨孟悠跟徐向璧上床，那是他的雙胞胎弟弟，假如按照冥冥天意必須如此選擇（他覺得天意已昭然若揭），雙胞胎豈不是由同一顆卵細胞分裂而來？就好像說，徐向璧與孟悠上床，就同他自己跟孟悠上床一樣，是同一具身體在不同時空所為。但她愛上徐向璧，事情就有所不同。

最最讓他心如刀割，是他終於發現徐向璧愛上的孟悠，並不是他熟悉的孟悠，這個更好，更快樂，更健康，更完美，更新鮮（並且一天比一天更新鮮）。這個新的孟悠，絕不是從外面什麼地方突然跳進她的軀殼的，而是從來就深深藏在她的軀體深處。從未被他徐向北發現過，從未由他徐向北親手挖掘出來過。

他不能任由事情就這樣發展下去，他覺得屬於他的孟悠在逃離他，他得想想辦法。再說，他也不能以出差為名老是躲在外頭，他得回家。

十六

誰都能發現，孟悠變成另外一個人。她與戚老師最親厚。小戚最早發現她身上的變化。容光煥發。

戚老師來找孟悠，約她下班後一塊洗澡。浴室在學校對面。浴票是發給教師的福利。剛入冬票子就發下來。天冷，哪家也燒不出那麼多開水，本市又不供暖——據說建國初年，華東局領導發揚風格向中央提出這建議。供煤很緊張，長江以南可以不用燃煤供暖。

孟悠這些天住在賓館，不必去擠公共浴室。

「喲，搭上闊小叔子，就不帶窮人一起玩啦？」

「妳胡說什麼。」

「說得不對啊？妳看看妳，衣服貴得我們看都看不懂。」

「誰說貴？」

「喊，沒吃過豬肉，還沒見過豬跑？」

「嗯，妳整天陪豬玀散步。」

「嗯，陪妳這頭豬散步。妳看看妳，心寬體胖的。」戚疾速伸手，在孟悠的奶上捏一記。

「我胖啦？」孟悠有點擔心。

「陪我洗澡吧，我檢查檢查。」

孟悠真的陪戚老師去洗澡。群眾關係必須搞好，已有些風言風語，有人在議論她。

在更衣室脫衣服，戚老師嘴裡不停嘖嘖。孟悠連內衣都是手工製作的日本高檔貨，絲綢要縫得那樣挺括，那得有多難，多花工夫。

要好姊妹總歸是要好姊妹。戚老師對孟悠沒壞意。洗完澡，照老習慣穿上內衣躺在沙發上喝茶。幾句一說，話題漸漸隱私。

「徐向北還在出差？」

「嗯。」

「那妳肯定有問題啦。」

「啥？」

「他那個雙胞胎，天天來接妳。有人說看到你們坐在車裡，擠在一塊，那叫一個親熱。」

「是誰在嚼舌頭？」

「我們要好姊妹，我勸妳要當心。徐向北不成器是不成器，是個好人呢。我看他那個弟弟，不像好人。」

晚上，她想把這些話告訴徐向璧，問問他，你到底是不是好人？可她沒能說出口，夢幻一般美好的夜晚，怎能用這種惱人的話題來打擾？

她覺得她的思想和行為前所未有地融為一體。她的身體和她的精神從來都沒有這樣合二為一過。她可以在高潮來臨前一瞬間，啞著嗓子叫喊出「我愛你」，像電影裡那樣，而絲毫不覺得虛假，絲毫不覺得說這句話像在演戲。她只要側過頭去端詳他，感受到內心的柔情蜜意，立即就會覺得那裡再次變得濕潤。

再度平靜。她覺得有句話一定要問他。有些讓人難堪的事，畢竟要放到桌面上來商量。

她的手在他小腹上撫摸。徐向北的毛髮是豎直的，像刺蝟。向璧的則捲曲如一蓬野菊花。

「你說——拿向北怎麼辦？」

他沉默。他甚至在床上不抽菸，他很少抽菸，身上沒菸味。徐向北卻喜歡在床上抽菸。

「我跟他離婚。好不好？」

「不行！」向璧一驚。

「我們倆——這樣好……」

他的眼神變得迷離，捉摸不定。孟悠有些擔心，他的瞳仁裡似乎有一絲憤怒。

她怯怯地說：「你可以給他錢——多給點。」

「可是錢怎能買斷你們那麼多年的生活？錢真的能買到感情？」他冷冷地說。

她害怕。

她撫摸他，想再次爬到他身上。他憤然挺身，她跌倒在他的膝蓋上。

他下床，給自己倒上一杯酒。轉過頭來，他變出另外一副模樣。微笑，聲音像是《黑色鬱金香》裡的更輕佻的那一個，像那個輕佻的童自榮。

「妳就是想得太多。千萬千萬別認錯我這個人……我們這樣挺好的，對不對？」

她掉眼淚，猜他在演戲。猜他只是不想毀掉哥哥，不想奪走哥哥的老婆，他是好人。

「我哥哥人不錯。」他摟著她的肩膀，摸她的耳垂。

「他不錯。可你比他更好，更好……」

十七

徐向北無法容忍這種公然背叛。他相信早晚有一天，徐向璧也敢背叛他。現在不敢，是因為他躲在角落裡盯著他。他一刻不敢放鬆地盯著他，躲在衣櫃裡，躲在床底下，躲在沙發背後，躲在客廳，躲在衛生間。

他決定迅速下手解決難題。就像在下棋，棋盤上他殺性從來都很重。

十八

孟悠覺得這個人千變萬化。跟他的工作有關麼？他真的幹過特工？幹特工的人是不是都這樣？說他偽裝作假，有時你會覺得他比誰都真。比日日在你跟前吧唧嘴吃飯，睡覺打呼，不關衛生間的門就呼啦啦小便的徐向北真切一千倍。可你伸手去觸摸他，他飄忽得像鬼魅。

她弄不懂徐向璧。一分鐘前他像個正派人，一分鐘以後，他瘋狂地撲到她身上，一邊用力，一邊還問她：「到底誰好到底誰好？是他好還是我好？」

他拿出一張合影照片，照片上是他和向北，肩並肩，一個嬉皮笑臉，一個面色嚴厲。定睛看，區別又不太大。

他不相信。他要到她家裡，到她自己的床上，到向北的床上。好像那樣就可以證明他更好。

在她自己凌亂、破舊、散發著陳舊油煙味和馬桶管道氣味的家裡，徐向璧顯得溫順而驚恐，好像一頭猛獸進入不屬於他自己的環境，好像超能的天外來客墜入一個他無法理解的落後星球。

卸下昂貴衣裝，他看上去跟徐向北別無二致。在日光燈下，他的身體和向北一樣白胖。

「果然是雙胞胎。」

「什麼？」

她沒回答。摟住那具剛鑽進被窩的冰冷肉體。衛生間窗縫寒氣逼人，她剛把水燒得有點溫熱，他就匆匆沖洗一番。

一進門，她就吊在他脖子上，把頭埋在他懷裡。她膩著聲音，要拽他上床。他要洗澡。他這會覺得自己的古龍水有些濃重，太刺鼻，他擔心自己的氣味會殘存在這個房間裡，這是他哥哥的房間。而且，他更喜歡房間裡只有孟悠的氣味，他從風衣口袋裡摸出一瓶五號，左手揉搓她，右手對著她噴香水。現在她香噴噴，還有一絲她自己的身體味道，這他早已熟悉。

黑暗溫暖的被窩裡，有一種可憐的安全感。狹窄的，容易驚散的安全感。動作遲疑，寒意在被縫間窺測，隨時會鑽進來。

有人在敲門。

「向北？」他恐慌地低聲叫喊。

他猛然掀開被子，跳下床。那張照片飄落在孟悠的肚子上。她坐起身，照片滑到她的腿縫間。

他瘋子般在房間裡轉兩圈，突然開始穿衣服。襯衫敞著，領帶和襪子塞進風衣兜裡，他踩著皮鞋，試圖鑽進大衣櫃，鑽到床底下。

孟悠急惶惶掃視一圈。

她把他推到窗口。輕輕打開窗——

「跳下去。」

窗外是底樓人家沿圍牆搭建的棚子，圍牆外是一條夾弄。

十九

這一次徐向北沒有藏身在通姦現場。他內心充滿怨毒。信心完全崩潰。他以為自己不會嫉妒徐向璧，他有求於他，他依賴他。某種意義上說，他正在為徐向璧創造真正的生活。不是他從前那種虛幻的、讓人難以捉摸的生活。他正在給予他一個能讓他安然行走大街、結交朋友戀人、像正常人那樣生活的身分。而徐向璧卻在背叛他。還有他的老婆。

他藏身在門外，在樓道裡，在樓梯夾角。他計算時間，不要等太久。但要讓心中怒火逐漸積蓄，讓它足以爆發成一座火山。在他想像中，有一對無恥男女在他自己的床上抽搐、呻吟。天知道她有多難看，天知道她那副淫蕩的模樣有多難看。

這會兒，他真的準備去敲門。不要驚動鄰居。樓道裡有腳步聲，有人在開門，關門。

他一直等到廊梯安靜下來，等到整幢房子都安靜下來。

他敲門，只敲兩次，一次三下。

……

他在等待。他不想看到赤裸裸的身體。等她收拾好自己吧。給她一點時間。也給自己一點時間，平復一下激動情緒，調整呼吸。大口大口抽香菸，菸頭上的火光在樓道裡閃爍。

二十

他柔情頓起。她真好看。即便驚魂未定，仍然那樣嫵媚好看。在寒風裡等待那麼久，他依然能聞到從她身上散發出來的那股騷味……

「真的是你？」

他狐疑地望著她。

「妳在幹什麼？這麼久才開門？」

「睡覺。」

「睡覺還噴那麼多香水？」

她驚慌地掃一眼窗戶。居然沒有察覺窗子的問題。徐向璧跳出去時，忘記帶上窗子。寒風不斷灌進來，席捲著窗簾。

他用嚇人的眼神盯著她看，疑慮，詭異，又有一絲憂心忡忡。他看看她，再看看窗子。他走近窗口，向外張望。

被子熱騰騰掀開，床單皺成一團，有點濕。

徐向北走過去，摸摸被子，又摸摸床單。他轉身走進衛生間，浴缸是濕的，缸沿上黏著根毛髮，捲得像條蟲子。

他走近她，用手背試試她的臉頰，滾燙。

突然伸手插到她的腿間（她慌裡慌張穿上向璧送她的那條絲綢睡褲），溫暖——但隔著薄薄的褲襠，他摸到一股黏濕。

他疾步跑到床邊，掀開被子，風吹起一張照片，飄落在地。

他撿起照片，雙肩一挫，愣在那裡——

孟悠在他的背後，望著他。

是他？

是他。事到如今，她反而泰然。

「妳不在家。我沒鑰匙。給小戚打電話。我以為妳跟她在一起。她告訴我妳被我弟弟接走。

「她說他天天都來接妳。」

你不知道麼？真真叫雙胞胎，那麼像（這毫無意義的說法算是在安慰他？）。幾乎每天都來，開著轎車。

小戚小戚，她恨恨地想。可該來的總歸要來。事到臨頭，女人總比男人多嘴，女人也會比男人更加鎮定。

「這樣也好，我們離婚吧。」

他抽菸。一根抽到一半，就接上另一根。

你吃點東西吧。他們面對面坐在飯桌上。就像平時。

「他怎麼會來找你——怎樣開頭？」

「有個箱子要我幫他藏起來。很危險，知道的人越少越好。他不讓我告訴你。」

徐向北不讓她幫忙。自己鑽到小閣樓上，找到箱子。

密碼箱放在桌上。

「你別打開它吧？人家的東西——」孟悠還是有些擔心。她還害怕什麼呢？難道箱子裡會是一顆炸彈？就算是炸彈，這會應該也沒什麼好怕的啦。

他嘗試幾個數字。打不開。

他想想，點上一根菸。再次轉動密碼鎖，試試看519。

啪，箱鎖跳開。

她奇異地瞪大眼睛。

「他的生日。也是我的生日。」

箱子裡有很多錢。現金。錢上遮蓋著一疊文件。文件的上面——

赫然是一把手槍。

二十一

孟悠越想越害怕。像是有雙金屬爪子攫住她的心臟，越捏越緊。

整整一夜，徐向北坐在桌邊，在黑暗裡不停抽菸。煙霧在月光裡盤旋，像是銀白色大理石表面的暗色花紋，轉動上升，讓人頭暈目眩。一星火光在煙霧後面閃爍，他的臉忽暗忽明。猛吸一口時，紅光灑在桌上。他的手垂在桌面，緊緊抓著那把槍，在月光下像一頭孤狼的下巴。

是週末。連著兩天都不用上班。徐向北仍舊保持沉默，偶爾出去一趟。回來後又坐在那裡，抽菸，玩弄著那把手槍。她知道徐向北會擺弄槍，他參加過民兵集訓……

一把槍——就他的感覺而言（在他記憶的最深處，在他大腦皮層無意識的直接反應上）——首先是一件玩具，其次才很可能是一件可以用來殺人的武器。他爸爸剛來上海時，常常把槍帶回家，拆下彈匣讓兒子抱在懷裡。徐向北打小就會玩槍，喜歡玩槍（哪怕是一支玩具槍）。他把槍抓在手裡，那個神氣勁兒，就跟姜文那樣。

她墜入恐懼的深淵。周而復始進入同一個夢境，有時破碎，有時完整，場景是同一個密閉的空間。就好像這多面體的夢境在每一面都開著門，有無數扇門，每次她都從不同的門進入。又好像她在觀看由無數臺攝影機從不同角度反覆拍攝的場景……巨大的水晶燈突然從吊桿上斷裂，砸向她和徐向北。徐向北向後仰倒，四肢伸展倒在她面前的地上。倒在地上的徐向北突然變成赤身裸體的徐向璧，陰毛像一蓬野菊花瓣，捲曲，綻放。黑色的液體從花瓣裡往外冒，過好久她才發現，那是汩汩噴出的血。奇怪的是，有一次她忽然發現那吊燈不是從頭頂上，而是從側面向他倆撞過來的。

她再也無法忍受。明天是上班的日子，她要想辦法聯繫徐向璧。

二十二

徐向璧給過她三個電話號碼。第五次撥打第二行數字——

「別害怕——你晚上來。我來想辦法。」

「哈哈哈——」他在電話那頭大笑，「別擔心。我哥是個老實人。」

最讓人害怕的就是老實人，突然發瘋起來，後果誰都無法預測。

「我不怕他。我解決他。」電話那頭傳來冷冰冰的聲音。她越發驚恐，惶惶不可終日。

西郊別墅區。占地廣闊的圍牆內樹林茂密。徐向璧知道孟悠認得這個地方。有一天，深夜，他突發奇想，叫醒孟悠，把她從滾燙的床單下拽出來。讓她穿上絲睡袍，披上羊絨大衣。他自己則裸著上身套進羊絨大衣裡。

他要與她在月光下野合。

四周是幽深林子，草坪被樹林包圍。幾隻秋蟲頑強地鳴叫，似乎那樣能抵禦寒風。漆黑的草，露珠在草叢頂部銀光閃閃。暴露的身體白得刺眼。她不覺得冷，粗糙的樹皮透過羊絨、透過絲綢擦破她背上的皮膚，她也不覺得疼痛。

但今晚她覺得冷。冷得刺骨。她害怕——

整整一天，她都覺得背後有雙眼睛在盯著她。她沒有責怪戚老師，但她不想跟小戚說話。這樣一來，她越發孤單。

向璧背靠著樹幹，抱著她。

「為什麼不去房間裡？我害怕——」

「要真按妳說，向北跟蹤妳。妳不懂。在房間裡——他在暗我們在明。空曠的地方更好些。」

她聽不懂他的話。但他在撫摸她，讓她安心。

「況且，」他在給她講道理，「萬一鬧起來。這裡更好些。別墅有服務生，有保安。兩兄弟鬧家務，可別弄成犯罪案件——」他呵呵笑，像是在解嘲。

鬧家務，他說得多輕鬆。

其實他是不想鬧出太大動靜來吧？他是個缺少合法身分保護的人呢，他是個「黑戶口」呢。孟悠靜靜地想。她覺得自己越來越喜歡他，離不開他，也對他越來越寬容。他會殺掉徐向北麼？她陡然翻過來想這件事情。

「你可別——殺掉他。」她低低的聲音在風中回盪。

「別瞎說。再說，槍在他手裡。」

「他搞不過你的。你是特工。你受過訓練。你會奪過槍來，把他殺掉——」她越說越輕，淚水泫然。連她自己也說不清，這話裡有幾分是擔驚受怕？有幾分是為這對雙胞胎兄弟惋惜？甚至——有幾分是暗暗希望？希望這一切有個結局，終究要有個結局。

他突然問她：「如果這一切終究要有一個結局——妳希望是誰？」

「誰？」

他的嘴角緊繃，在月光下像是一種詭祕的笑。

「這樣說吧，如果妳必須選一個，妳希望由誰來殺掉誰？」

她不知道。她不知道。她被這問題逼得有點瘋。她是在發瘋，努力掙扎，想要逃出這個驚悚的夢境。她一把向下掏去，抓住徐向璧的褲襠，用力拽他的拉鍊——

沙沙聲。像是腳步聲。像是皮鞋踩在樹葉上的聲音。枯枝斷裂。月色晃動，像是有黑影在小樹林裡奔跑，轉著圈奔跑。她的手一緊——

徐向璧大叫：「是誰？」

沒人回答。沙沙聲暫停。萬籟寂靜，只有風吹過樹梢的聲音。

「是向北哥麼？」徐向璧再次高聲喊叫。

孟悠的心臟快要停止跳動，又像是要從嘴裡跳出來。她捂住嘴巴——

「向北哥，你出來。我們好好談談。」

孟悠失去控制，冰冷的淚水滑過臉頰，滴落在徐向璧的手上。她從未感受過如此的驚恐，連身體都無法自控的驚恐——她覺得連小便都快要失禁。

咚！樹林裡一聲巨響。火光閃動——

徐向璧一聲大叫，跳開身體伏倒在地。孟悠雙腿一軟，跪落草叢。良久，她才發現褲襠裡又熱又濕，她懷疑自己已尿在褲子上。

「別跑！你別跑！」

徐向璧一邊大叫，一邊彎著腰向前奔跑，他在樹林裡奔跑，繞著樹幹迅速移動。孟悠隱約看到他身前的黑色人影，旋即消失在樹林裡。

好久好久——好像相隔一萬米以外，又是兩聲巨響。

咚——

咚——

二十三

五個小時以後。

接近凌晨時分，孟悠站在家門口。門縫裡有燈光，冰冷的鑰匙攥在手心裡，她不敢插入匙孔。

門後有人走動，擋住光線。

良久，他說話：「是誰？孟悠？」

是誰？隔著門，她疲憊萬分，仍舊驚慌錯亂，她分不清。是徐向璧還是徐向北？她到底希望站在門背後的是誰？是向北？是向璧？

門開，日光燈刺眼，她分不清站在面前的到底是哪個。披著黑色的羊絨大衣。她這才想起來，徐向北不知從何時起，也剪成一個平頭——面對面，一個站在門內，一個站在門外。目光疑慮，互相審視。街上傳來板箱和牛奶瓶的碰撞聲，孟悠打個寒戰。

「進來吧。」裡頭的人讓開身。

他用力推，門撞到牆上。她暗想，這笨拙的動作是徐向北的。

他像是知道她的心思：

「你希望我是哪一個？」

她不敢說話，盯著他看。

「我是向北。」

她心裡一沉。好像突然發現失落什麼寶貝，再也無法找回。

「失望？」他冷笑。

她軟軟地坐到椅子上。猛然站起身，衝到衣櫃前拉開抽屜，翻出幾件衣服，又匆匆奔進衛生間。

她走出衛生間，像個女戰士。冰冷的聲音像在指責——

「為什麼你穿著他的衣服？」

她盯著他看，發現他耳邊的擦傷。他的手——指甲上有大片汙漬，像是被什麼顏色染過，又氧化變黑。

她嘶啞著嗓子喊叫，聲音出來卻發現近乎耳語：

「向璧他人呢？」

「我怎麼知道？他不是跟妳在一起麼？」

她一陣心痛。可還是希望自己別這麼快就相信——

二十四

日子過得意外寧靜。她上班，下班。他在忙碌。

今天，他搬回家一臺電視機，明天，他又搬回來一只冰箱。他跟她商量：

「東芝好不好？我喜歡東芝。」

「Toshiba—Toshiba，新系代滴東機。」他學電視廣告裡的唱法。

濃密的陰影只籠罩在她一個人的心上。

三天後的一個深夜，她起床上廁所，看到一只錢包掉落在椅子旁邊，是從徐向北的衣服裡掉出來的。她悄悄撿起，在衛生間裡翻開。

錢包裡有幾張定期存單，分存好幾家銀行。數字超乎她的想像，最大的一張上寫著「170000元整」。

一星期後，她獨自在家打掃房間，從床底下翻出一只破舊的旅行袋，赫然發現裡面裝的全是徐向璧的衣服。她熟悉這些衣服，她曾親手從一具活生生的肉體上剝下它們。

衣服染上大片奇怪的顏色，像醬油（應該說像老抽），散發著一股奇怪的鐵鏽氣味。她翻開襯衫，在腰脅部位，在最底下那顆鈕扣旁（徐向璧會把衣服的這部分塞進褲腰，因此它是整件襯衫唯一顯得皺巴巴的地方），有兩個洞眼，洞眼四周有燒焦的痕跡。

她往包底下翻，手指一痛。拿出手，手指上已被劃破，一滴鮮豔的血染到那件襯衫的領子上。她小心地伸進手去，赫然拿出一把鋒利的寬刀，刀背有一公分厚，很少有人買回來家用，是肉店裡用來切大塊骨肉的砍刀。

她心慌得快要昏過去。但她勇敢地把包完全打開，在最底下，看到一柄雪亮的鋼斧。

噹啷，斧頭掉落到地板上。她自己則掉落到冰窟裡。她恍惚覺得自己在凍得人心髒發麻的冰水裡下沉，下沉。

二十五

她的臉色蒼白，她六神無主的樣子讓戚老師擔心。

「妳這兩天怎麼啦？沒精打采——」

「我哪有怎樣啊？」她打斷小戚。

「失戀吧？『若得叔叔這般雄壯』——」戚老師教語文課。

她猜想這不是什麼好話。心裡發冷。她一直與小戚最親密。

「妳煩不煩啊妳？」她低頭，抱著暖水杯，蒸汽順著她的鼻子向上升，潤濕她的眼角。

「我勸妳省省，」小戚有點生氣，「要在以前，妳這就是資產階級腐化墮落的生活方式，立即調離教師崗位。絕不能讓妳帶壞孩子。也就是現在——」

「妳說現在這是個啥世道啊？」小戚忽然又轉怒為喜，「妳說說看這是啥世道——」

她忽然咯咯咯笑起來。前仰後倒的。無論何時何地，小戚總想扮演成一個開心果。

「今天中午，我不是去做頭髮麼？人不是很多麼？我不是坐在那兒等麼？老陳在跟一個客人吹牛，說現在啥妖孽都有啊。有個男的對老陳說，他出十倍的價錢，要老陳……要老陳……」她笑得上氣不接下氣：

「要老陳幫他燙……幫他燙……他要老陳把下面的毛拉直……」

「老陳說，」咯咯咯——「大頭本來就比小頭大十倍，再加十倍……那是多大的賺頭啊？你說說，他多會算……」

「那人問老陳，那他原來是個啥式樣？」

「現在小年輕不都喜歡燙個爆炸頭？」

咯咯咯——

孟悠笑不起來，她哪有心情聽笑話。

二十六

孟悠都快要崩潰。

他看在眼裡，有些心酸。照片在窗臺上，面朝下，灰撲撲。

她想幹什麼？今天下班時，她不走平常的路，繞一大圈是想幹什麼？她在風中低著頭，腳步踟躕，若有所思，她在想什麼？

她路過公安分局，停下腳步——

他大驚失色，但她疾步走過大門。

他要阻止她。他從哈爾濱食品店買來花生排，他知道她喜歡吃這個。他去華山路那條窄巷，在弄堂深處找一間小店。有人跑去東京，不肯打工掙錢。有人在上海開一家專賣日本高級衣飾的小店，舖子裡陳設的全是贓物。

他挑一雙鮮紅的皮鞋（怎麼可能給羊皮染上如此豔麗的紅色？），金色的扣眼，金色的鞋帶。孟悠老想要一雙紅皮鞋，這是他不知道的。但她告訴過徐向壁。

任何微小的細節都會驚動她，她一觸即發。

她用奇怪的眼神望著他：「你怎麼會買這個？」

你怎麼知道我想要一雙紅皮鞋？他告訴你？他把一切都告訴你？你們這對混帳雙胞胎，到底在背後說過我什麼？你是誰？你到底是哪一個？

她理不清頭緒。她覺得自己掉落在一條陰險的謎語裡，所有謎底都會變成新的陷阱。

「你去自首吧……」她自己也不知道這想法是從哪兒蹦出來的。

「妳胡說什麼？」他厲聲呵斥。他一口喝乾水杯，覺得水裡有股發酵般的怪味。

二十七

他自己也跡近崩潰。他絕不能讓孟悠發瘋，絕不能讓她毀掉他。毀掉這一切，毀掉他的好運氣，毀掉這精心設計的假象，毀掉他幾乎要觸摸到的、幾乎要成真的美好生活。他不能讓她毀掉這個家，還有——他的錢，那一大堆錢。

他設想過，告訴她故事的另一個版本。人究竟會喜歡哪個版本，這一點最難測度。一齣由性格多多少少有些怪異的主人公出演的喜劇？還是一部驚悚電影？人會在多大程度上相信生活的嚴酷性？或者，索性一個彌天大謊會更加讓人家滿意？

最難以判斷的是人心。在孟悠心裡，更希望故事朝哪個方向發展？她想要個怎樣的結局？

在她的內心深處，究竟哪一個是她真正想要的？一個傳奇般的情人麼？或者，她終究想要回到日常，回到她久已熟悉的生活中？

那些氣喘吁吁的、如呻吟般吟唱出來的劇烈情感到底有多少真實性可言？在那架不可捉摸的天平上，日積月累的習慣會比電光火石間爆發的快樂更沉重？

他不得不賭一把。翻開她內心的底牌。用他所有最美好的東西來下注，賭的是她那顆已被撕成兩半的心。

二十八

「我要把一切都告訴妳……」

「妳看到的每一件事，妳就當是一場夢幻……」

「都是假的。假的……」他片刻停頓，他持續，就像在吟誦一首傳奇詩。

「我就是徐向璧。我是徐向北，但我也是徐向璧……」

二十九

她知道他一定會說出真相。她藏著說真話的小藥丸。她從沙發下撿出來，偷偷藏起兩粒……她把兩粒全都放到他的水杯裡，親眼看到他一飲而盡。

她當真想弄清真相麼？

三十

國慶日。那是兩個月前。（國慶日，妳記得他在單位值班的那天晚上麼？）

「妳多半是不記得——妳一向不關心我……我在家，我不在家，對妳來說都一樣。妳總在看電影，看小說。妳不記得那天我還特地把學校的放像機借回來，好讓妳晚上有消遣的節目？」

（你說的都是實話麼？真相就是這樣麼？）

那樣一來，他一個人值班，可就沒什麼好幹的啦。一個人，只能喝酒。酒喝完……（她記得他喝醉的樣子，把樓梯轉角當成沙發，坐著坐著就躺倒，一覺睡到第二天早上。）

他決定再弄一瓶酒去。

那天夜裡，街上特別亮。國慶日放燈，還放焰火。行人如蟲蠅擁聚在光亮處，菸雜店卻都關著門。

「從門房邊小鐵門走出來，我挑一條無人小巷。我可能有點醉。那條巷子我從未去過。好像有點迷路。上海這些里弄……哪兒哪兒都是通的，哪兒哪兒都走不出去。」

（她望著他，覺得他此刻也似醉酒一般，語無倫次。）

他好像走入一個迷宮。像是在一個地方繞。棚戶區，沒有路燈。有些路，連自行車都過不去，人要側著身才能走過去。

路越走越黑。

「……我記得先前就到過這裡。一大塊空地。兩邊是圍牆。圍牆下堆著黃沙，堆得好高，連圍牆都被遮住。我記得清清楚楚，另外兩邊，有好多小巷，我就是從這些小巷裡走進來的，可我每次出去，繞著繞著又繞回來。」

（你一向如此，從前在公園裡你不知要帶我走多少冤枉路。）

第三次，他忽然發現地方有點變樣。他記得清清楚楚，沙堆，柏油紙蓋的大棚……還有好大一棵桑樹。

「我認得那樹葉。但這會兒地方有些變樣。過一會兒我才發現，這地方比先前亮一些。先前這裡一片漆黑。」

他走過去才發現，在兩堆沙子之間，停著一輛小卡車，白鐵皮釘的車廂。

駕駛室的燈開著，可沒有人。

「鬼使神差，我想坐到駕駛室休息一會。很睏，酒意有點上來。坐在那裡我腰酸背痛，駕駛室很小……」

又是見鬼一樣，他想到後車廂去躺一會。

堆著好多紙箱……

他躺在紙箱上，其實是靠著。半個身體壓在箱子上。一個翻身，箱子被他壓扁。打開箱子……

「天啊！我看到好多錢。好多好多錢，數都數不過來……」

（你讀過《基度山恩仇記》麼？）

「說實話（當然，你說的都是實話。）……我當時連想都沒想。我想搬走箱子。我不想幹壞事，可一下子看到那麼多錢……」

他又累又心慌。他本可以抓一把走人的。

「其實我可以抓一大把就走人的。可我連個紙袋都沒有。我在衣服兜裡塞上兩把。可我還是想把它們全帶走……」

急中生智。人有時就會這樣。一急就急出個辦法來。他望著那幾大堆沙子，忽然計上心來。他把裝著錢的箱子全都搬下車，把它們全埋到沙子裡。手指很痛，可他找不到工具。

「天知道我挖多久。挖得很深……」

他害怕。

「不知這些錢是怎麼跑到這裡來的。這是誰的車？那麼多錢……」

「我怕找不到回來的路。幸虧口袋裡有個粉筆頭。不知從哪裡撿起來，塞進口袋的。我一路在牆上畫十字，碰到每個轉角都畫一個。我想下一次來，我會找到這地方的。」

第二天，他果然找到這地方。迷宮般讓人暈眩的小巷，天一亮就變得簡約。這會他完全知道該怎麼走，粉筆記號純屬多餘。

警車剛走……圍著好多人，議論紛紛，有人告訴大家，警車剛走。昨天半夜這裡像打仗一樣，兩幫人在這裡打架。真的像打仗一樣，不光動刀子，聽說還有槍。

他擔心箱子不在沙堆裡。員警來過，搜索現場一定很仔細。他有點失望，也有點慶幸，前一天晚上他喝得太多。膽大包天，誰知道這些錢從哪兒來？

他們說，其中一批是從黃浦江運蝦船下來的。沿著巷子往南，的確能走到江邊，王家碼頭。

「可我想想不甘心……」

夜裡他決定回去。

「妳記不記得，國慶日第二天，我告訴妳老何有事，跟我商量，要我再代他值一晚。」

箱子竟然還在那兒。整個夜裡他都在搬運這些錢。

「我該把那些箱子一塊運走的。該把那些箱子扔到蘇州河去。他們說，你一碰到什麼東西，那上頭就會有你的痕跡。指紋啦，氣味啦，他們說警犬很靈的。可我來不及搬走它們啦。」

他只能一點一點運錢。背著大旅行包，騎著自行車。那是國慶日，街上有很多員警，還有聯防隊。幸好那天是國慶日，大家都很高興，連員警都很高興，懶得找事兒。

他把錢都埋到樓下花園，用鐵鍬挖很深的坑。

「提前一天我就開始挖，妳記不記得我說想從學校裡弄棵枇杷樹苗？」

他把家裡的馬夾袋[1]全用完。

「把你那些藏著的舊馬夾袋全拿出來。你後來問過這些袋子的去向。」

他把錢一袋袋分開，沒數，數不過來。他把錢全埋到坑裡。

他整天都在擔驚受怕。不敢去打聽。各種各樣的念頭鑽到腦子裡。員警會不會正在追查這些錢呢？沙子裡的空紙箱早晚會被人發現的。

「我祈求發現得越晚越好，等氣味都跑光，就不怕那些狗啦。」

「我猜想這些錢的主人，一定都是幹壞事的。不然哪會有那麼多錢，還都是現金。我猜想那是些大毒販，或者大走私犯。天知道要走私什麼貨才用得上那麼多錢。這些人連員警都抓不住，可見本事也不比員警差多少，要是連這些傢伙都在找這些錢——天哪，誰要丟這麼多錢，都會想辦法去找回來啊。」

他不敢拿著錢去存銀行。聽說人家可以從銀行查丟失的錢，錢都是有編號的麼。香港電影裡不是說有種辦法，拿螢光粉撒在錢上，這錢只要一拿出去就會讓人發現麼？他一張張翻那些錢，好像沒看到什麼特別的地方。錢也不連號。

隔好幾個星期，他才敢取出一點錢。

「很少——我是說，在那堆錢裡，這就算是很少一部分。我試著存銀行，先存一千。沒有異常動靜。要是銀行有人拿住我，我會說這錢是街上撿的。哪裡撿的我也早就想好啦。」

又隔一個星期。他覺得這錢大概沒啥要緊啦。報紙上也沒說什麼，公安局大門口也沒貼什麼布告。真逗，那幾天裡街上連尋人啟事都不大看到。後來才聽說是整頓市容。

「可我不敢把這事告訴妳。妳那膽子，實在是太小。我覺得我要是告訴妳，妳一定會去公安局報案。我得給妳找個理由……」

「有那麼一大筆錢，我一定要讓咱倆過好日子。可我就是不敢告訴妳。得有個說法……要不然，把這些錢擱在妳跟前，怕是妳連覺都睡不著。」

1 馬夾袋，又稱馬甲袋，是常見的簡易塑膠提袋，因其形似馬甲（即背心）而名。

三十一

她凝視著他熟睡的面孔，無法置信。她盯著他不時跳動的眼皮，直到他醒來。已是半夜——

「這都是你編的！」

「這些都是假的？」她盯著他看。

日光燈閃爍幾下，「嗒」一聲，熄滅。徐向北爬上桌子摸索一陣，燈又亮起。

「掙到大錢的弟弟，要送點錢給哥哥嫂子用。妳心裡會踏實些。」

「徐向璧是你自己扮演的？」她像是有些想明白，又像是更加糊塗。她狐疑地望著他。她隱隱覺得其中有一個悖論。一個無法繞出的邏輯：如果根本就沒有徐向璧這個人，那兩粒藥丸還有效果麼？如果連藥丸都是假的？那她如何能相信他在說真話？

「我一出差，他就可以來看妳。」

「你給我說實話，你到底有沒有一個雙胞胎弟弟？難道你那麼多年一直在給我編故事？」

「我倒是有個哥哥。很久很久以前就跟著我媽回到北方老家。」

「那藥是哪裡來的？」

「安眠藥。我把它溶在酒裡。妳喝下去不到半小時就睡著。」她恨恨地想，要是有多一粒，她一定會找人去化驗。

「可那槍？」

「模擬玩具。」他突然從懷裡掏出那把槍，擺到桌上。他把彈匣退出，撥出一粒子彈——

「看。塑膠子彈。」

「那張照片呢？」

「隨便哪家照相館，都可以印出這樣的照片。他們把這個叫做藝術照。有些人喜歡把自己打扮成女人，讓這個女人跟自己合影。擺一個姿勢，拍一張，再擺個姿勢，拍另一張。他們就能把這兩張照片拼到一起。」

「那天晚上你敲開門，你闖進來——」

「十點鐘左右，總是有人在敲門。」

她仍舊疑慮叢生。她抬頭望著他，像是望著一個陰險的陌生人。

「那些衣服呢？那衣服上的洞呢？」

他望著她。連槍都是假的，哪裡來的槍洞？

他摸出菸盒，掏出一根來，又把菸塞回盒裡。

他把所有的事情，按照日期告訴她。他怎樣安排所有的細節，安排室內的燈光，散步的路線。他如何設計，讓自己一步步接近她。他要想像她是他從未見過的女人，想像自己從一個全新的角度觀察她。他像是在對她解說一部電影的情節，可他說話的樣子，怎麼看都像一個徹頭徹尾的陰謀家。

「為什麼你要讓我……為什麼你要把我……？」

她沒能說出口。他懂她的意思。他望著她，眼神裡充滿無奈。像是想要告訴她，他對此無能為力，他也無可奈何。那不是計畫的一部分，那完全超出他原先的想像。

她覺得羞愧難當。像是被人從一場戲裡拽出來，從一場她狂熱投身其中的表演情境一把推出來。好像是突然之間，她就冷靜下來，察覺自己先前的表現那樣誇張，那樣傻乎乎，那樣不得要領，她既覺得尷尬，又感到憤怒。

那個她近來一直扮演的角色，那個她一向以為是她的本質、是另一個真正的她的女人，她敢於在徐向璧面前呈現的女人，此刻孟悠卻無法忍受讓她暴露在徐向北面前，就好像，一旦透過徐向北的眼睛，透過他瞳仁的反射，那個形象是如此虛假，如此做作。

那些她以為自己感受到過的巨大快樂，那些夢一般的身體快感，如今變得確實像夢一樣虛幻，甚至像是在一場夢裡做過的另外一場夢。

她覺得虛弱。勉強站起身，她想去睡覺。好像她覺得只要再睡一覺，就可以從這一連串的夢裡真的醒過來。

三十二

他小心翼翼地審視她。他想，是時候啦，該行動啦。這是唯一的機會，他有可能完全失去她，既失去從前的那個孟悠，也失去他剛發現的這個讓他驚心動魄的新孟悠。但他也可能全都能得到，不僅重新奪回那個舊的，也得到這個新的。他一度覺得自己不在乎那個舊的……

在黑暗裡，他向這兩個女人衝過去。上一次，是徐向璧趴在她身上，他自己躲在陰暗的角落裡。這一次，他要奪回他的權利，讓徐向璧滾到那個角落裡去吧，這兩個女人，都是他的。

三十三

像是有兩個男人在同時強暴她。她的身體好像在被左右攻擊，應接不暇。她睜開眼睛，看到這一個，閉上眼睛，又看到另一個，她的心好像被撕裂成兩半。

現在，兩個男人又合二為一。而孟悠，與那個從前只存在於想像中的孟悠，也從未如此相容，如此安寧地共存一體。

她在黑夜裡嘆息。

如同所有最美好的時刻一樣，兩分鐘內一切都煙消雲散。她伸手去摸他，沿著他的小腹——她摸到一把脆硬的毛髮。不是那蓬柔軟捲曲的野菊花瓣，也不像掛在牆上的那把鬃刷——很久以前她偷偷這樣想過，那時她還剛跟徐向北結婚。她甚至覺得有一絲燒焦過的味道，殘存在那束毛髮上，黏在她的手指上。

你到底是誰？疑慮再一次湧上孟悠的心頭。

三十四

一個月後，孟悠在待洗的夾克口袋裡看到一張照相館發票。她一直都不敢去看看那家照相館。

直到第二年春天。

春天，人不會那樣緊張。春天時，人會懶洋洋，會做出一些你在冬天不敢做的事情。

她一頭撞進那家照相館。選中一個和氣的老師傅。她拿出那張偷偷藏起來的照片。

「師傅。我想跟你打聽打聽——」

「你記不記得這個人，」她把照片轉個方向，「他來拍過這張照片？」

「是啥時候的事？」老師傅在端詳照片。

「去年秋天，國慶日後——」

「不記得。挺眼熟的——上這兒來拍照片的雙胞胎實在太多啦。」

「不是雙胞胎。這是一個人啊。是拍兩次，把兩張照片合在一起的。」

老師傅再次仔細看那張照片。

「我們這從來不做這種照片。沒這個項目。這種照片妳要到福州路上海攝影圖片社去做。」

「再說——」老師傅把放大鏡對著兩個人當中的那部分，「不像——這不像是做出來的。哪能做得那樣好，天衣無縫。這明明就是一對雙胞胎麼。」

三十五

孟悠從未向任何人提起過這些事。她把所有的疑問都壓在心底。

懷疑，是人類所有的念頭裡最虛妄的東西，最容易消散。不用多久，她就會忘記所有這一切的。

他們倆現在過得很好。很富有。股票市場指數跌至287點時，他把一大筆錢存入證券公司。一年以後，股指就回到700點以上。他現在很快樂（只是很少再有時間去下棋）。人變得很沉著，不太喜歡說話。他一直對她很溫順，甚至比從前更溫順。她想要什麼，沒等她說出口，他就會給她買回來。

也許三十年後——不，也許等到七十歲時，她才會再次想起這些事情。

後記
小說的抵抗

〈封鎖〉為這些身處亂世卻依舊想維持原本日常生活狀態的人物們設計了一個戲劇性時刻，一個封閉的舞臺，以及一個由恐懼、飢餓和殺戮合圍而成的更封閉、也更狹窄的精神封鎖圈，從而展現他們的生存技巧和人性變化。

根據我們的一般經驗，在那種情況下，人性往往會倒向「壞的一面」，因為食物、自尊以及信任，這些東西在很多時候只是一層脆弱的外殼。剝下這層外殼，很多人就會變得好像再也沒有什麼東西可以支撐了。很多人就會變成一種軟體動物。可是〈封鎖〉中的鮑天嘯出人意料，在那個逼仄恐怖的舞臺上，他演了一齣好戲。

他先是出之以輕佻態度，似乎對危險處境渾然不覺。別人避之唯恐不及，他卻自己找上門去。某種程度上，這本身就構成了對日軍暴行的一種蔑視和反抗。他所採用的方法，準確地說是一種「淘漿糊」——滬語中一個使用了相當長時間的俗詞。意思就是面對嚴重事態，卻用糊弄來應付完事。這種行為方式，實際上特別上海，是一種隨隨便便的機會主義，特別像生活在此間的一些人的某種特定處事方式。他們相信大事可以化小，小事也可以化無，而且就在這個化的過程中，你也可以順便撈點好處。鮑天嘯撈到的好處就是各種美食。然而在這種情形下，誘人的美味佳餚也漸漸變得讓人害怕。這些食物伴隨著酷刑和殺人暴行一起，構成了對小說中人不斷沉重的逼壓。

從好的一面說，「淘漿糊」這種方法十分樂觀主義。可是另一方面它也有些賴皮。有時候成事不足，既給別人增添麻煩，也給自己帶來麻煩。這一次，他就被漿糊黏上了，漿糊變成了危險泥澤，他越陷越深。最終他不得不正面接受一場真正的人性考驗。

是一部小說讓他勝利地通過了這場考試。是他自己寫的小說。一部很俗氣、充滿陳詞濫調的小說。這部假想中的小說裡出現了幾個片段，其中有些場景來自於舊上海著名作家包天笑《釧影樓回憶錄》中的一兩件軼事。我們必須承認，鮑天嘯寫得實在不如包天笑，鮑天嘯身上沒有什麼名士氣，小說寫得俗不可耐。就是那麼一部豔俗、老套、譁眾取寵的小說，卻悖論般地讓鮑天嘯選擇了去讓自己當一名英雄。

從某種意義上看，這是小說的勝利。虛構故事的勝利。也就是說，即便最濫俗的小說，也有可能讓人物暫時抬高視角，越過封鎖，擺脫宿命般無聊的日常生活時間線。發動他們個人的、勇敢的進攻，製造他們個人的、卻屬於人類歷史的傳奇事件——「事件是超越其原因的結果」（齊澤克），世界在因果論的撐竿跳中前行。

與此相同，〈特工徐向璧〉描繪了虛構故事對現實生活的另一場抵抗。一對平凡夫妻，既厭煩人生，也相互厭煩。也許就此永遠厭煩下去，也許在未來某一天，行至某處突然脫軌。但此刻，他們選擇了自主脫軌。是男主人公自己挑選了一條情節線，為自己重新設定了角色身分，誘惑女主角進入新的故事腳本。不知道小說中那個結局算不算得上一場勝利，但至少他們的生活狀態從此不同以往了。

總有人在說，生活比小說更精采，說得振振有詞，聽起來很有道理，於是他就不去讀小說了。但說的人沒有意識到這樣一個邏輯陷阱：當他說生活比小說更精采時，他是在用小說的標準來衡量，來比較兩者高下。事實上倒是可以這麼說，因為小說提供了某種標準，生活才有可能變得更精采。小說能夠讓生活更簡要、更準確、更有意義，小說也能讓生活更加變化無窮。即使是人工製造的那個西部世界，也需要幾條新故事線，才能讓那些機器人動起來。

當代名家・小白作品集2

封鎖

2019年1月初版　　定價：新臺幣290元

著者	小白
叢書主編	陳逸華
校對	施亞蒨
封面設計	兒日
編輯主任	陳逸華
總編輯	胡金倫
總經理	陳芝宇
社長	羅國俊
發行人	林載爵

出版者	聯經出版事業股份有限公司
地址	新北市汐止區大同路一段369號1樓
編輯部地址	新北市汐止區大同路一段369號1樓
叢書編輯電話	(02)86925588轉5305
台北聯經書房	台北市新生南路三段94號
電話	(02)23620308
台中分公司	台中市北區崇德路一段198號
暨門市電話	(04)22312023
台中電子信箱	e-mail：linking2@ms42.hinet.net
郵政劃撥帳戶第	0100559-3號
郵撥電話	(02)23620308
印刷者	文聯彩色製版印刷有限公司
總經銷	聯合發行股份有限公司
發行所	新北市新店區寶橋路235巷6弄6號2樓
電話	(02)29178022

行政院新聞局出版事業登記證局版臺業字第0130號

本書如有缺頁，破損，倒裝請寄回台北聯經書房更換。　ISBN 978-957-08-5235-6 (平裝)
電子信箱：linking@udngroup.com

國家圖書館出版品預行編目資料

封鎖/小白著．初版．新北市．聯經．2019年1月
（民108年）．248面．14.8×21公分
（當代名家・小白作品集2）
ISBN 978-957-08-5235-6（平裝）

857.7　　107020764